School of Talents

Erste Stunde: Tierisch laut!

© privat

Silke Schellhammer wuchs in einer Großfamilie auf, in der viele Geschichten erzählt wurden. Sie waren nicht unbedingt wahr, aber immer gut. Das Erstaunen darüber, wie großartig wirkliche und erfundene Begebenheiten nebeneinander existieren können und dass Realität letztendlich eine Frage der Wahrnehmung ist, ließ sie mit dem Schreiben beginnen. Sie wäre liebend gerne Lehrerin an der **SCHOOL OF TALENTS**!

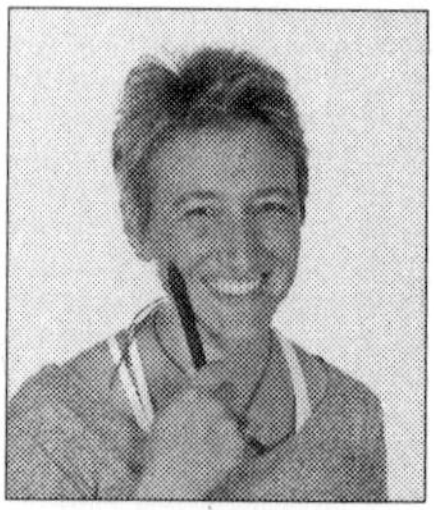

© Alexander Kaeslin

Schon als Kind besaß *Simona M. Ceccarelli* das geheime Talent, auf einem leeren Stück Papier ein Fenster hinein in Geschichten und zu anderen Welten zu schaffen. Es gelang ihr, dies durch eine lange wissenschaftliche Karriere hindurch verborgen zu halten, doch schließlich tauschte sie den Laborkittel gegen ihren Bleistift ein. Simona studierte an der Academy of Arts University in San Francisco und seit 2016 illustriert sie Bücher, Spiele und andere Produkte für Kinder. Heute lebt sie mit ihrem Ehemann, zwei Kindern, drei Nationalitäten und vier Sprachen in der Schweiz.

Silke Schellhammer

Über alle Grenzen

School of Talents

Erste Stunde: Tierisch laut!

Mit Bildern
von Simona M. Ceccarelli

CARLSEN

DAS IST RODRIGO. Er ist ein seltsamer Vogel, mit dem Alva sich unterhalten kann.

ÜBER ALLE GRENZEN

DIE SCHOOL OF TALENTS

DAS SIND MALA, JONAS UND TILL. Sie sind Alvas neue Freundinnen und Freunde auf der SCHOOL OF TALENTS und sind zu jedem Abenteuer bereit!

DAS IST ALVA. Sie ist neu auf der SCHOOL OF TALENTS, liebt Rätsel und will vor allem eins: endlich keine Tiere mehr verstehen!

SCHULDIREKTOR THOMAS FRANZEN ist Alvas Onkel und hat die SCHOOL OF TALENTS gegründet. Er ist außerdem Gedankenleser, aber das ist geheim!

FRIEDERIKE UND ELWIN gehen auch auf Alvas neue Schule. Friederike ist eine echte Miesepeterine und Alvas Zimmernachbarin. Elwin glaubt, er sei die wichtigste Person im Universum. Alva weiß noch nicht so recht, was sie von den beiden halten soll.

Auf der SCHOOL OF TALENTS ist auch der Unterricht außergewöhnlich … genau wie die Lehrerinnen und Lehrer. FRAU MOLINA ist sehr lustig und führt gerne mal ein Tänzchen auf. FRAU TINERIUS ist echt streng und ihre Donnerwetter sind gefürchtet.

Über alle Grenzen

Die School of Talents

INHALT

„Und? Wie lange hab ich's geschafft?", fragte die eine Schulfliege, als sie neben einer zweiten Schulfliege auf der Fensterbank landete.
„Elf Sekunden! Ich bin dran!", antwortete die andere Fliege und hob ab.
„Okay, aber du musst dich auf seine Nase setzen und ich zähl mit, wie lange es dauert, bis er zuckt!"
Alva beobachtete, wie die Fliege startete und ihren Schulkameraden Marco umschwirrte. Das Insekt zog kleine Kreise um Marcos Ohr. Dann umrundete es seine Nase und schaffte es, darauf zu landen, bevor Marco unwillig den Kopf schüttelte und den Brummer mit der Hand vertrieb.
Die zweite Fliege jubelte, als sie wieder auf der Fensterbank ankam.

„Gewonnen! Das waren mindestens vierzehn Sekunden!"

„Das ist eine Lüge! Es waren nicht mal zehn", widersprach die erste.

„Das glaub ich jetzt einfach nicht! Vierzehn! Ich hab mitgezählt!"

Die erste Fliege machte einen wütenden Salto.

„Zehn! Oder seit wann kommt nach neun vierzehn, du hirnloses …"

KAPITEL 1

TOCK, TOCK, TOCK

„… Alva? ALVA!“ Die Stimme von Frau Brösengel riss Alvas Aufmerksamkeit vom Streit der beiden Fliegen weg und zurück zum Unterricht. Alva hustete verlegen und richtete sich auf, während ihr Blick zur Tafel wanderte. Was war die Frage gewesen? Es standen fünf Sätze angeschrieben, in denen verschiedene Wörter kunterbunt unterstrichen waren. Keine Chance, daraus abzuleiten, was ihre Lehrerin von ihr wissen wollte.
Regungslos und mit verschränkten Armen stand Frau Brösengel da und ließ ihre Schülerin nicht aus den Augen.

Alva blinzelte und schluckte trocken.
Frau Brösengel begann, mit dem Fuß auf den Boden zu tippen. „Wir warten!"
Tock, tock, tock.
Alvas Blick hüpfte zwischen den Wörtern hin und her. Mit welchem sollte sie ihr Glück versuchen? Vielleicht war „schwimmen" richtig? Oder „der Hund"? „Meine Oma"?
„Schwimmen", krähte es plötzlich aus der ersten Reihe.
Sofort strahlte Frau Brösengel den Schüler überglücklich an. „Sehr gut, Carlos", lobte sie das nervige Wunderkind, das zwar erst acht war, aber schon mit Alva in der vierten Klasse saß. Und als wäre das nicht schlimm genug, war es auch noch Alvas Bruder.
Alva sank an die Lehne ihres Stuhls zurück.
Den Rest des Unterrichts starrte sie an die Tafel und kämpfte mit den Tränen. Dabei tat sie so, als ob sie die Fliegen auf der Fensterbank nicht streiten hören konnte. Wieder mal. Wie immer gab sie vor, ein normales Mädchen zu sein. Ein absolut durchschnittliches Mädchen, für das Fliegen nur summten, Frösche quakten und Hunde bellten.
Alva seufzte. Leider hörte sie ganz genau, dass sich die Fliegen auf der Fensterbank laut anbrüllten. Und sie

verstand auch, was sie sich gegenseitig an den Kopf warfen. Unmöglich, da NICHT zuzuhören.
Und es waren nicht nur die Fliegen. Auf dem Baum vor dem geöffneten Fenster des Klassenzimmers erzählten sich zwei Eichhörnchen Witze. Und zwar wirklich gute Witze. Alva biss sich auf die Lippe, um nicht laut loszulachen.
Leider konnte Alva nicht beweisen, dass sie Tiere verstand. Wenn sie richtig mit ihnen sprechen könnte, wäre es vielleicht anders. Dann könnte Alva die Fliegen bitten, einen Kopfstand zu machen oder so, und wenigstens ihre Familie würde ihr glauben. Oder zumindest nicht mehr behaupten, Alva hätte einfach nur sehr, sehr viel Fantasie und würde sich das alles nur ausdenken.
Alva hatte ihren Eltern fest versprechen müssen, mit niemandem in der Schule über ihre „wilden Einfälle" zu reden. Weil sie sonst keine Freunde finden würde, hatten sie gesagt. Und Alva hielt sich daran. Kein Wort verlor sie je über die Stimmen in ihrem Kopf. Trotzdem wollte keiner mit einem Mädchen befreundet sein, das wirkte, als wäre sein Kopfradio auf volle Lautstärke gedreht.
Alva versuchte immer, normal zu wirken. Ehrlich. Sie strengte sich echt an!
Aber Tiere redeten einfach unheimlich viel.

Nach der Schule verkroch sich Alva in ihrem Baumhaus. Dort konnte sie in Ruhe Hausaufgaben machen. In ihrem Zimmer wäre Carlos alle fünf Minuten aufgetaucht, um sich zu wundern, dass sie immer noch nicht mit Mathe fertig war.

Im Baumhaus gab es keine Besserwisser und niemanden, der Alva besorgt musterte, so als hätte sie eine Vollmeise XXL. Hier war sie für sich. Meistens zumindest.

Doch heute war echt nicht ihr Glückstag. Ein Ameisentrupp lief direkt neben dem Haus auf einem Ast entlang. Die Tiere unterhielten sich über einen toten Käfer, den ihre Späher weiter oben entdeckt hatten. Alle redeten durcheinander und übertrafen sich mit Mutmaßungen darüber, wie groß ihr Fund sein würde. Außerdem hüpfte seit einigen Minuten eine plärrende Amsel durch den Baum:

„Achtung! Achtung! An alle Vögel: Es befindet sich eine Katze auf dem Boden. Amseleltern, achtet auf eure Kinder! Achtung!“

Alva saß im Schneidersitz und versuchte, eine Textaufgabe zu lesen. Nett von der Amsel, andere Vögel zu warnen. Aber musste es echt in dieser Daueralarmschleife sein?

Alva hielt sich die Ohren zu. Es nutzte nichts. Sie konnte die Amsel immer noch hören.

„Achtung! Achtung! Katzenalarm! Sie liegt unter dem Busch und bewegt sich nicht! Achtung! Vor Landungen auf dem Rasen wird gewarnt!"

Alva schaute runter in den Garten. Merlin, der Kater ihrer Nachbarn, lag tatsächlich dösend unter einem Busch. Während er sich rekelte, murrte er verschlafen:

„Halt endlich den Schnabel."

Doch die ausgeflippte Amsel dachte nicht daran.

„Katzenalarm! An alle! Höchste Gefahr auf dem Boden! Achtung! Achtung! Das ist keine Übung!"

So ging es nicht. Höchste Zeit, dass Alvas Ohren eine Pause bekamen. Sie kramte unter einem Kissen nach der Schachtel mit den Ohrstöpseln. Sie versteckte sie dort, damit ihre Mutter sie nicht fand. „Alva, jetzt lass doch endlich diesen Blödsinn!", schimpfte die sonst. „Das tut deinen Ohren überhaupt nicht gut!"

Die Stöpsel fühlten sich an wie kleine Marshmallows. Während Alva sie zwischen den Fingern drehte, damit sie dünner wurden und in ihre Ohren passten, schaute sie in den Garten. Ihre Mutter saß auf der Terrasse und las Zeitung. Auf der Wiese spielte Carlos mit Muffin, dem Hund der Familie. Ihr Bruder wedelte mit einem Tennisball vor Muffins Nase rum. Muffin sprang wild hin und her und bellte dabei: *„Ball! Ball! Ball! Ball!“*, bis Carlos endlich warf. Der Hund bekam das aber nicht mit und starrte nur die leere Hand an.

Die Amsel erweiterte ihre Warnhinweise:

„… vom Hund geht keine Gefahr aus! Er ist zu doof, einen Ball zu jagen! Achtet auf die Katze!“

Mittlerweile waren die Stöpsel, die Alva zwischen ihren Fingern gerollt hatte, nicht viel dicker als ein Kabel und sie steckte sie sich in die Ohren. Langsam quollen sie auf. Die Amsel, der Hund, die Katze, die Ameisen und jedes andere Tier in Hörweite verstummte. Die lärmende Welt wurde ausgeblendet und zurück blieb …

Ruhe.

Niemand redete. Kein Laut. Absolute Stille.

Alva atmete erleichtert aus. Dann machte sie sich wieder an ihre Schularbeiten. Und auf einmal verstand sie die Textaufgaben. Erkannte, wonach gefragt war, und wusste, wie sie es rechnen musste. Die Hausaufgaben waren in null Komma nix erledigt.

Alva legte die Schulhefte weg und nahm ein Buch aus ihrer Tasche. Endlich konnte sie weiterlesen!

Kaum hatte sie die Seite gefunden, auf der sie zuletzt mit dem Lesen aufgehört hatte, flogen ihre Augen schon über den Text. Die Heldin des Buches, die berühmte Schatzsucherin Hanni Schliemann, hatte in einer Felsenhöhle eine geheimnisvolle runde Metallplatte entdeckt. Alva war sich sicher, dass Hanni damit das große Rätsel des Buches knacken würde. Alvas Finger raste die Zeilen entlang. In ihrem Kopf versuchte sie, alle Hinweise zusammenzusetzen.
Gerade schien die Lösung zum Greifen nah, da wurde Hanni die Scheibe gestohlen. Oh nein! Was würde sie jetzt tun?

KAPITEL 2

ONKEL THOMAS, DER GRUSELIGE

Alva brauchte einen Moment, um zu bemerken, dass jemand sie am Bein zupfte. Unwillig verließ sie Hanni Schliemanns Abenteuer und drehte sich zur Strickleiter des Baumhauses um. Sie sah ihre Schwester Fiona über den Rand gucken. Fiona bewegte zwar den Mund, doch Alva konnte sie nicht hören.

„Hä, was ist denn?“, fragte Alva und zog die Stöpsel aus den Ohren.

„Du sollst zum Abendessen kommen“, wiederholte Fiona und verschwand.

Tatsächlich stand die Sonne bereits tief über den Bäumen. Alva hatte die Zeit vollkommen vergessen.
Sie packte das Buch weg und kletterte nach unten. Dort wartete ihre Schwester auf sie.
„Onkel Thomas ist da", verkündete Fiona und verdrehte die Augen.
„WAS?" Alva rümpfte die Nase, als würde etwas absonderlich stinken.
Niemand mochte Onkel Thomas. Er war der Bruder von Alvas Mutter und manchmal echt irgendwie unheimlich. Redete kaum, lachte nie und starrte einen oft an, als hätte man etwas Schlimmes ausgefressen. Seine beste Eigenschaft war eigentlich, dass er nie zu Besuch kam.
„Ist etwas passiert?", fragte Alva deshalb.
„Glaub nicht. Aber er will über Nacht bleiben."
„Auch das noch", murrte Alva.
Fiona nickte zustimmend.

„Hallo", begrüßte Alva Onkel Thomas, als sie auf der Terrasse ankamen. Sie versuchte, sich unauffällig auf den Platz neben ihrer Mutter zu schieben.
Keine Chance. Onkel Thomas unterbrach sofort das Gespräch, stand auf und streckte Alva die Hand entgegen.

„Alva. Hallo."

Oh, sogar mit Händeschütteln.

Onkel Thomas' stechende blaue Augen starrten ihr fast ein Loch in die Stirn.

Alva war echt froh, als Papa mit einer Salatschüssel in der Hand auf der Terrasse erschien. „Kann ich dir noch was helfen?", fragte sie und wand schnell ihre Hand aus der ihres Onkels.

„Nein, Fiona bringt gleich die Lasagne und dann können wir loslegen."

Als Alvas Schwester mit der dampfenden Auflaufform rauskam, saßen schon alle um den Tisch. Alvas Vater verteilte das Essen auf den Tellern. Alva goss allen Wasser ein und setzte sich dann auf ihren Platz. Als sie aufsah, bemerkte sie, dass Onkel Thomas sie musterte. Alva runzelte die Stirn. Hatte sie Tintenflecken im Gesicht?

In diesem Moment zuckten Onkel Thomas' Mundwinkel und er sah weg. Doch Alva hatte es genau gesehen. Onkel Thomas hatte geschmunzelt!

Nach dem Essen half Alva ihrem Vater dabei, die Spülmaschine einzuräumen. Laut klirrend flogen Messer und Gabeln in den Besteckkorb. Alva war wütend.

Während des Essens hatte Carlos von ihrem Vormittag in der Schule erzählt … und kein Detail ausgelassen. Ihre Mutter hatte Alva besorgt mit Fragen gelöchert und Carlos und Fiona rissen einen Tierwitz nach dem anderen.

„Was sitzt auf dem Baum und ruft *Aha*?", hatte Carlos grinsend gefragt.

Fiona hatte laut losgeprustet. „Komm, Alva, das musst DU doch wissen! Ein Uhu mit Sprachfehler."

Haha. Total witzig.

Noch schlimmer wurde es, als Onkel Thomas sie angesprochen hatte.

„Lass dich nicht ärgern", hatte er beiläufig gesagt und sie dabei wieder angestarrt.

Der hatte gut reden. Sie hätte ihn gerne gefragt, ob er wusste, wie man sich als Oberspinner der Familie fühlte. Aber dazu fehlte ihr der Mut. Deshalb hatte sie es nur gedacht. Aber extrem vorwurfsvoll!

„Schatz, kannst du die Messer etwas sorgsamer einräumen? Das sind keine Wurfspeere. Wir brauchen unser Besteck noch", ermahnte Papa sie. Alvas Gedanken kehrten in die Gegenwart zurück.

Onkel Thomas brachte die letzten Teller rein. Aus den Augenwinkeln sah Alva, wie er ihrem Vater zunickte.

„Ich … äh … warte … muss mal schnell Mama was fragen", sagte Papa viel zu laut und verließ schon fast fluchtartig die Küche.

Alva schaute ihm verwundert nach. Dann konzentrierte sie sich wieder auf ihre Aufgabe. Onkel Thomas lehnte an der Küchenzeile und beobachtete sie. Worauf wartete er?

„Ich möchte mit dir reden", sagte er, als würde er ihre stumme Frage beantworten. „Ich weiß nämlich sehr wohl, wie man sich als Oberspinner der Familie fühlt."

Alva fiel fast das Glas aus der Hand. Sie schnappte laut nach Luft.

Konnte Onkel Thomas etwa Gedanken lesen?

KAPITEL 3

MÄUSE-LASAGNE

„Ja, kann er!“, antwortete Onkel Thomas seelenruhig. Nun landete das Glas scheppernd im Korb der Spülmaschine. Wie in Zeitlupe hob Alva den Blick. Alles um sie herum schien zu verschwinden. Sie sah nur noch Onkel Thomas, der an der Küchenzeile lehnte und sie nicht aus den Augen ließ. Meine Güte! Das konnte doch nicht sein!
„Und das von einem Mädchen, das die Sprache der Tiere versteht“, entgegnete Onkel Thomas kopfschüttelnd. Alva fühlte sich, als würde der Boden unter ihr schwanken.

Halt suchend klammerte sie sich mit einer Hand an die Kante der Küchenzeile.

„Woher …? Was …?“, stotterte sie. Tausend Fragen rasten ihr durch den Kopf. Konnte er wirklich Gedanken lesen? Hatte er mitbekommen, dass Alva beim Abendessen von einer Eule bemitleidet wurde, weil keine Maus in der Lasagne war? Wusste er, dass Alva ihn eigentlich nicht leiden konnte?

„Ja, ich kann es wirklich. Ja, das hab ich mitbekommen und ja, ich weiß, dass du mich nicht leiden kannst. Aber mach dir deshalb keine Sorgen“, beantwortete Onkel Thomas ohne sichtbare Regung Alvas gedachte Fragen.

Um nicht laut aufzuschreien, presste Alva ihre Lippen fest zusammen. Verzweifelt dachte sie: *„27! 27! Blau! Blau! Blau! 27! 27!“*

„Blau und 27? Ist das ein Test?“, erkundigte sich Onkel Thomas mit hochgezogener Augenbraue.

Iiiih! Das war total schräg!

„Wenn du auch etwas sagen würdest, wäre es vielleicht weniger schräg“, schlug Onkel Thomas vor.

Alva nickte zustimmend. Zu mehr war sie nicht in der Lage. Sie musste sich unheimlich konzentrieren, NICHT daran zu denken, wie gruselig sie ihn fand.

„Seit wann verstehst du Tiere?“, wechselte Onkel Thomas das Thema. Der sachliche Klang seiner Stimme hatte etwas Beruhigendes. Alvas panisches Gehirn fuhr langsam runter.
„Keine Ahnung. Schon immer, denke ich“, sagte sie zögernd.
„Alle Tiere?“
„Nicht alle, aber viele.“ Alva wurde bewusst, dass sie sich immer noch an die Küchenzeile krallte. Sie löste ihren Griff, öffnete und schloss mehrfach ihre schmerzende Hand.
„Kannst du auch mit ihnen sprechen?“, fragte Onkel Thomas weiter.
„Nein, nur hören, was sie sagen“, antwortete Alva. „Weiß Mama, dass du Gedanken lesen kannst?“, wollte sie jetzt von Onkel Thomas wissen.
„Nein“, antwortete er kaum hörbar, ging schnell durch den Raum und schloss die Küchentür.
Ein bisschen spät, fand Alva, aber wenn er meinte, dass jetzt der Moment für Geheimhaltung war, bitte!
Sie sah, wie Onkel Thomas’ Mundwinkel zuckten, als müsste er ein Grinsen unterdrücken. Oh, ja! Mist! Gedanken lesen! Da musste man echt aufpassen.

„Warum weiß sie nichts davon?“, hakte Alva schnell nach.
„Das müsstest DU doch am besten verstehen. Wir sind den anderen unheimlich.“
„Wir?“ Niemals hätte Alva sich träumen lassen, dass Onkel Thomas und sie ein WIR sein könnten.
„Ja, wir. Du hast ein besonderes Talent, wie ich auch.“
„Ich hab was?“
„Ein TA-LENT“, wiederholte Onkel Thomas noch einmal langsam.
„Okaaaay“, antwortete Alva gedehnt.
„Menschen wie du und ich können etwas, das nicht als normal gilt“, erklärte Onkel Thomas.
„Nennt man das nicht hochbegabt?“, wollte Alva wissen.
„Nein“, widersprach Onkel Thomas. „Hochbegabung wird vom Schulsystem erfasst. Wir können Dinge, die in der Schule nicht so gefragt sind.“
„Wie Gedanken lesen oder Tiere verstehen?“, vergewisserte sich Alva.
Onkel Thomas nickte zustimmend. „Wie Gedanken lesen, Tiere verstehen oder noch vieles andere!“

„Dann … gibt es noch mehr … wie UNS?“ Alva konnte kaum glauben, was sie da fragte.
„Oh, ja.“
„Woher weißt du das?“
„Ich leite die SCHOOL OF TALENTS, das Internat, auf dem sie unterrichtet werden.“ Onkel Thomas klang richtig stolz und zum ersten Mal sah Alva ihn lächeln. Allerdings fand sie SCHOOL OF TALENTS einen echt protzigen Namen.
„Neben dem normalen Unterricht lernen unsere Schüler und Schülerinnen dort, ihre Talente zu benutzen und zu verbessern.“
„Wie? Noch mehr Tiere hören?“ Das war ja eine superdoofe Idee.
„Nein, in deinem Fall wäre das eher: weniger Tiere hören.“
Für einen Moment blieb Alva die Spucke weg.
„Oder auch gar keine?“ Ihr hoffnungsvoller Tonfall klang etwas jämmerlich in ihren Ohren. Sie ließ Onkel Thomas nicht aus den Augen.
Er wippte nachdenklich mit dem Kopf. „Ja, wäre möglich.“
Alvas Herz machte einen Hopser. „Wie lernt man das?“, wollte sie von Onkel Thomas wissen. Und wie schnell geht das?, fügte sie in Gedanken hinzu.

„Das geht leider nicht über Nacht. Talente sind eng mit Gefühlen verbunden. Sie werden von Wut, Ärger, Übermut oder Freude gesteuert." Onkel Thomas machte eine Pause und sah sie eindringlich an. „Ich bin nicht zufällig hier", redete er weiter. „Deine Eltern machen sich Sorgen. Sie glauben, du hast deine Fähigkeiten nur erfunden."

„Ja, ich weiß." Alva ließ den Kopf hängen.

„Sie glauben auch, dass ich eine Schule für ... Kinder mit Lernproblemen leite. Als sie mich angerufen haben, war mir gleich klar, dass du zu uns gehörst."

Alva kämpfte den Impuls nieder, ihm einen bösen Blick zuzuwerfen. Auf keinen Fall gehörte sie zu Onkel Thomas und seiner schrägen Schule! Im nächsten Moment senkte sie erschrocken den Blick. GEDANKENLESER!

Doch sollte ihr Onkel ihre Gedanken gehört haben, ließ er sich nichts anmerken.

„Diese anderen Kinder in der Schule, hören die auch Tiere sprechen und können Gedanken lesen?", fragte Alva weiter.

„Oh, wir haben da alle möglichen Talente. Manche können fliegen, manche durch Wände gehen, manch andere sich verwandeln ...", zählte Onkel Thomas auf.

„Wie? Und wenn einer bei euch wütend wird, dann flattert er als Fledermaus durch die Luft?“
„Oder als Flugsaurier.“
„Flug-sau-ri-er“, wiederholte Alva langsam. Sie stellte sich einen Drachen vor, dessen Feuerstrahl Frau Brösengels Löckchen versengte. Diese Idee gefiel ihr.
„Wir versuchen eigentlich, keine Frisuren in Brand zu setzen“, machte Onkel Thomas ihren schönen Traum zunichte.
„Echt jetzt? Also, wenn ich mich in einen feuerspeienden Drachen verwandeln könnte …“
„… dann würdest du alles dafür tun, dass niemand das herausfindet!“ Der scharfe Ton von Onkel Thomas' Stimme trieb Alva die Röte ins Gesicht.
„Aber warum denn?“, fragte sie eingeschüchtert.
Onkel Thomas' Miene wurde wieder weicher. „Es gibt nicht nur nette Menschen, Alva. Ein Kind mit übernatürlichen Kräften lebt in großer Gefahr. Seine Fähigkeiten könnten ausgenutzt werden, es könnte entführt werden, seine Familie könnte bedroht werden …“
Onkel Thomas unterbrach sich selbst und räusperte sich, bevor er das Thema wechselte: „Alva, es ist überaus wichtig, dass man sein Talent trainiert. Es beherrschen

lernt. Ich habe deinen Eltern angeboten, dich als Schülerin aufzunehmen. Zur Probe, nur für ein paar Wochen. Dann kannst du dir alles anschauen und überlegen, ob du bleiben möchtest."

Alvas Herz klopfte wie verrückt. Reflexartig schüttelte sie den Kopf. Sie wollte nicht auf Onkel Thomas' seltsame Freak-Schule gehen! Sie konnte sich außerdem kaum vorstellen, nicht mehr zu Hause zu wohnen.

Doch die Aussicht, keine Tiere mehr verstehen zu müssen, war wirklich verlockend. Und es wäre nur für ein paar Wochen, hatte Onkel Thomas gesagt.

Wenn das wirklich reichte, sollte sie es dann nicht versuchen?

Alva atmete tief ein und fasste einen Entschluss.

Sie würde auf Onkel Thomas' Flugsaurierschule lernen, wie man alle Tiere stumm schalten konnte. Danach würde sie wieder nach Hause kommen und alles wäre so wie vorher.

Nur, dass sie nicht mehr die Verrückte war.

KAPITEL 4

DURCH DIE WEISSE WAND

Ein Schild wies den Weg zur SCHOOL OF TALENTS. Alvas Vater setzte den Blinker und bog auf eine kleinere Straße ab.
Sie fuhren schon seit Stunden. Es war früher Nachmittag und Alvas Aufregung reichte bis weit über das Auto hinaus. Die SCHOOL OF TALENTS lag auf einer Insel, die durch eine lange Brücke mit dem Festland verbunden war.
„Gefängnisse sind auf Inseln. Und überhaupt, was ist das für ein bescheuerter Name für eine Schule?“, beschwerte sich Carlos. Er hatte lauthals protestiert, als er von Alvas

neuem Internat hörte. Alva war total gerührt. Ihr kleiner Bruder, sonst die Beulenpest auf zwei Beinen, wollte nicht, dass sie von zu Hause wegging. Außerdem misstraute er Onkel Thomas. „Der lässt doch jedes Kind, das was ausgefressen hat, bis in die tiefe Nacht Strafarbeiten machen. Wahrscheinlich ist er Direktor von einem Gefängnis."

Trotz Carlos' wilder Behauptungen stand Alvas Entschluss fest. Und so saß sie nun neben Carlos, der schlechte Laune hatte, seit sie losgefahren waren.
Die Straße führte durch ein kleines Waldstück und direkt dahinter stand ein weiterer Wegweiser. Papa hätte ihn fast übersehen. Es war Alva, die im letzten Moment „Da! Abbiegen!" rief.
Die Straße wurde zu einem Feldweg. Das Auto holperte durch Schlaglöcher, vorbei an Pferdekoppeln und Wiesen.
„Da vorne müsste es eigentlich sein", bemerkte Mama nach einem Blick auf das Navi im Auto.
„Wo?", fragten Alva und Carlos wie aus einem Munde.
Denn da vorne, da war … NICHTS. Nur eine weiße Wand.
Als läge ein dichter Vorhang über der Straße, der verbarg, was hinter ihm lag.

Weiß, weiß, weiß.

Das Auto rollte unaufhaltsam immer weiter darauf zu. Alva holte tief Luft und atmete langsam aus. Dort wartete eine unbekannte Welt auf sie.

„Ist das Nebel?“, wollte Carlos wissen.

„Ein seltenes Wetterphänomen. Die Insel heißt nicht umsonst Nebelfels“, erklärte Alvas Vater und ging vom Gas, als das Auto in das undurchdringliche Weiß eintauchte.

„Als würde dahinter ein Stück von der Welt fehlen“, flüsterte Alva und starrte aus dem Fenster. Schemenhaft erhob sich ein großer dunkler Schatten in der Ferne. War es ein Haus? Ein Felsen? Oder gar ein Ungeheuer, das sich nicht rührte?

„War ja klar!“, brummte Carlos.

„Was?“, wollte Alva wissen, ohne den Blick vom Fenster abzuwenden.

„Dass Onkel Thomas seine Schule an den unheimlichsten Ort der Welt gebaut hat.“

„Es ist doch nur Nebel“, meinte Mama und begann, aus der Broschüre vorzulesen, die Onkel Thomas ihr gegeben hatte: *„Die Insel Nebelfels liegt etwa einen halben Kilometer vom Festland entfernt. Allerdings kann sie von dort nur selten*

erspäht werden. Meistens versperrt eine dichte Nebelbank den Blick. Während der Keltenzeit galt das ‚Land im Nirgendwo' als magischer Ort. Heute weiß man jedoch, dass die besondere Topografie der Gegend die Nebelbildung begünstigt."

„Was ist eine Topografie?", wollte Alva wissen.

„Onkel Thomas' zweiter Vorname", motzte Carlos.

„Was redest du für einen Quatsch, Carlos? Topografie ist ein Sammelbegriff für die Erdoberfläche, Hügel, Berge, Täler, Senken und all das", erklärte Mama.

Dann las sie weiter vor: *„Die Insel ist seit dem frühen Mittelalter im Familienbesitz der Grafen von Donnersberg. Vor einigen Jahren überschrieb Graf Donatus von Donnersberg die Insel dem Gründer der* SCHOOL OF TALENTS. *Besichtigungen sind seitdem nicht erwünscht."*

Alva hörte nicht mehr richtig zu, denn sie fuhren immer weiter auf den dunklen Schatten zu. Er stand mitten auf dem Weg. Alva fröstelte, obwohl es im Auto nicht kalt war.

Ihr Vater hielt direkt vor dem Schatten an. Bedrohlich und düster erhob sich ein riesiges, zweiflügeliges Tor vor ihnen. Nebelfetzen waberten zur Seite und enthüllten … eine Säule mit einer Sprechanlage.

Alvas Vater ließ das Fenster runter und drückte auf den Klingelknopf. Nach einem Moment öffnete sich das Tor wie von Geisterhand.

Wenn meine Familie später zurück durch dieses Tor fährt, bin ich nicht mehr dabei, ging Alva durch den Kopf. Sie beugte sich nach vorne, legte ihre Hand auf die Schulter ihrer Mutter und schaute nach draußen.

„So eine Suppe. Man hat wirklich keine Ahnung, wo's langgeht", murmelte Mama, umfasste Alvas Hand und drückte sie aufmunternd.

Eine schwere Tränenfront türmte sich in Alvas Augen auf. Sie blinzelte und starrte durch die Windschutzscheibe. Drei Wochen, dachte sie, nur drei Wochen. Länger würde es ja hoffentlich nicht dauern, zu lernen, wie man seine Fähigkeit abstellt.

Der Gedanke beruhigte sie.

Tschung. Tschung. Tschung.

Das Geräusch kam von den Reifen, die über die Holzplanken des Stegs rollten. Alva richtete ihren Blick nach vorne. Kam es ihr nur so vor oder wurde es dort heller? Etwas leuchtete mattgrün in der Ferne. Die Farben wurden kräftiger, je näher sie kamen. Schatten wandelten

sich zu Formen. Alvas Augen jagten über die weiße Wand, um keine Veränderung zu verpassen. Erste Sonnenstrahlen durchbohrten den Nebel. Er zerfiel in Schwaden. Alva erhaschte einen Blick auf ein großes Gebäude aus Beton mit viel Glas und einem Flachdach. Sonnenschein brach sich in hohen Fensterscheiben. War das die Schule?
Und plötzlich war die Welt wieder da.

KAPITEL 5

BLUBBERDIBLUBB?

In Alvas Vorstellung war ein Internat ein gigantisches Gebäude, düster und einschüchternd und viel größer als ihre alte Schule. Doch dieses Haus sah ganz anders aus, hell und fast … freundlich. Alva reckte den Hals, versuchte, möglichst viel zu erkennen. Doch im nächsten Moment machte die gewundene Straße, auf der sie fuhren, eine Kurve und das Gebäude verschwand hinter einem Hügel. Enttäuscht sah Alva wieder nach vorne. Zu beiden Seiten des Wegs entdeckte sie Backsteinhäuser, manche so klein, dass höchstens zwei, drei Zimmer

darin Platz hatten. Andere waren zweistöckig mit langen Fenstern. Sie standen über die Insel verstreut, als hätte sie jemand zufällig hingewürfelt.
Die Straße führte um ein Rondell, in dessen Mitte ein Springbrunnen plätscherte, und endete an einem Mini-Schlösschen. Bei all den Türmchen, Zinnen, Säulen und der breiten Freitreppe erwartete man fast, einen König auf dem Vorplatz stehen zu sehen. Stattdessen wartete dort Onkel Thomas.
„Schön, dich zu sehen", begrüßte Mama ihren Bruder, kaum dass Papa das Auto geparkt hatte.
„Freut mich, dass ihr da seid", antwortete Onkel Thomas und gab ihnen allen nacheinander die Hand.
„Wenn ihr das gut gießt, wird es mal ein richtig großes Schloss", witzelte Papa mit Blick auf das kleine Haus.
„Was? Ach so, ja, haha", antwortete Onkel Thomas verwirrt. „Das war das Wohnhaus unseres Gönners, des Grafen von Donnersberg", erklärte er und deutete vage auf die Statue eines alten Mannes, die vor dem Eingang stand, während er Alva und ihre Familie hineinführte.
Alva kam sich vor wie bei einer Schlossführung, als sie über das knarzende, polierte Parkett gingen und ihre Eltern den gigantischen Kronleuchter und die kunstvoll

gearbeiteten Stuckdecken bewunderten. Lediglich die bunten Sitzsäcke, die in der Eingangshalle verstreut lagen, erinnerten mehr an eine Schule als an den uralten Wohnsitz eines Grafen.

„Schau mal", sagte Carlos zu Alva und zeigte auf einen Schriftzug an der Wand. SCHOOL OF TALENTS stand dort in großen Buchstaben auf einem runden Schild. Die drei Worte ÜBER ALLE GRENZEN bogen sich um den Rand des Schildes.

„Vielleicht das Schulmotto", riet Alva.

„Sind die eine Flugschule, oder was?", motzte Carlos.

Wenn Onkel Thomas nicht furchtbar übertrieben hatte, vielleicht schon … irgendwie, dachte Alva.

Sie gingen über eine breite geschwungene Treppe in den ersten Stock. Onkel Thomas öffnete eine Tür. Dahinter lag das Sekretariat.

„Das ist Herr Petrulla, unser Schulsekretär."

Onkel Thomas wies im Vorbeigehen auf einen Mann hinter der Empfangstheke und öffnete dann eine weitere Tür zu seinem Büro.

„Die Familie Schröder! Herzlich willkommen!", grüßte der Mann.

Er hatte seine rötlich schimmernden Locken mit Unmengen von Haargel an den Kopf gekleistert.
„Lassen Sie bitte Mala Bamadio kommen", trug Onkel Thomas dem Sekretär auf, bevor er die Verbindungstür hinter ihnen schloss.
„Bitte nehmt Platz", bot der Direktor seiner Familie in seinem Büro an und deutete auf zwei Sofas und zwei Sessel, die um einen weißen Tisch direkt neben der Tür standen. Er holte eine Mappe von seinem Schreibtisch, bevor er sich zu ihnen setzte und Alva musterte.
„Aufgeregt?", fragte er.
Alva nickte. Aber wahrscheinlich wusste er das schon.
Onkel Thomas blätterte in der Mappe. Dann begann er, über Schulregeln, Handyverbot und Hausordnung zu reden. Alva erfuhr, dass sie in Haus sieben untergebracht war, ihre Mitbewohnerin Friederike hieß und es in der Schule keine Hausaufgaben gab. Sie bemerkte Carlos' neidischen Blick. Obwohl er seine Aufgaben immer in ein paar Minuten erledigt hatte. Wenn er sie überhaupt machte.
„Irgendwelche dringenden Fragen?", erkundigte sich Onkel Thomas. Doch bevor jemand eine stellen konnte, klopfte es.

Ein Mädchen mit schwarzen Locken, die von einem knallroten Haarband gebändigt wurden, öffnete die Tür. Sofort fielen Alva die vielen dünnen Armreifen auf, die jede Bewegung des Mädchens mit einem leisen Klirren begleiteten.

„Hallo, Direktor Franzen. Ich soll mich bei Ihnen melden?"

Alva traute ihren Ohren kaum. Sie nannte Onkel Thomas Direktor Franzen!

Onkel Thomas nickte. „Mala, sehr schön. Das ist Alva, eine neue Schülerin. Könntest du sie ein bisschen rumführen?", fragte er.

„Klar", antwortete Mala und lächelte Alva an. Sie lächelte unsicher zurück und konnte nicht anders, als sich sofort zu überlegen, welches Talent Mala haben könnte.

„Wir erledigen den Papierkram. Dann treffen wir uns in zwanzig Minuten an Haus sieben", sagte Onkel Thomas.

„Kann ich mitgehen?", fragte Carlos.

Mala warf Onkel Thomas einen fragenden Blick zu, bevor sie „Wenn du möchtest" antwortete.

Hatten sich die beiden gerade abgesprochen, ohne was zu sagen? Konnte Mala vielleicht auch Gedanken lesen?

Alva startete einen Versuch. *Sag blubberdiblubb, wenn du mich hörst*, dachte sie deutlich und angestrengt.

Doch Mala blieb stumm und wandte sich zum Gehen.

„Ach, Alva …“, meldete sich stattdessen Onkel Thomas, als wäre ihm gerade noch etwas eingefallen, „… wir haben Fische, die blubbern können, aber nicht hier in meinem Büro.“

KAPITEL 6

FRAU TINERIUS PASSIERT!

„Der hat doch ein Rad ab“, regte sich Carlos auf, kaum dass sie die Tür zum Rektorat geschlossen hatten.

„Wer?“, erkundigte sich Mala.

„Na, euer DIREKTOR!“

„Was? Der? Nein! Der ist voll in Ordnung“, verteidigte Mala Direktor Franzen.

„Wie lange bist du schon hier?“, wollte Alva wissen, als sie durch die Eingangshalle gingen. Sie musterte Mala verstohlen von der Seite. Weiterhin beschäftigte sie die Frage, was ihr Talent sein könnte. Schade, dass sie nicht

einfach fragen konnte. Aber solange Carlos in der Nähe war, ging das natürlich nicht. Echt schwierig, das mit der Geheimhaltung.
Als Alva merkte, dass Mala sie ebenfalls beobachtete, senkte sie schnell den Blick.
„Ich bin seit der ersten Klasse hier", beantwortete Mala Alvas Frage und hüpfte die Stufen nach unten.
Carlos sah sie entsetzt an. „Dann warst du noch nie auf einer anderen Schule?", vergewisserte er sich. Als Mala das bejahte, fragte er: „Kannst du denn überhaupt lesen und schreiben?"
Alva schnappte hörbar nach Luft. „Hey, benimm dich", raunte sie ihrem Bruder zu und konnte nicht verhindern, rot zu werden.
Doch Mala ließ sich nicht aus der Ruhe bringen. „Nee, ich kann nur Bilder malen!", antwortete sie lachend und zwinkerte Alva zu.
Sie gingen am Parkplatz vorbei. Neben dem Auto von Alvas Familie stand inzwischen ein weiterer Wagen mit geöffneter Kofferraumklappe. Ein grellorange gekleideter Mann schraubte an einem dreibeinigen Gestell rum. Ein zweiter tippte auf einem Laptop herum, der auf dem Autodach stand.

„MOMENT!", erklang da hinter ihnen die strengste Stimme, die Alva jemals gehört hatte. Sie zuckte zusammen und erstarrte.
„Frau Tinerius, unsere stellvertretende Direktorin", flüsterte Mala, die auch ziemlich erschrocken aussah, bevor sie sich umdrehte.
„Hallo, Frau Tinerius, das ist Alva. Sie ist neu hier und Direktor Franzen hat mich gebeten, sie ein bisschen rumzuführen", erklärte Mala schnell.
Widerwillig drehte Alva sich ebenfalls um und stellte fest, dass die Stimme von Frau Tinerius gefährlicher klang, als die Lehrerin aussah. Sie trug ein dunkelblaues Kostüm und abenteuerlich hohe Schuhe. Sie hatte ein Klemmbrett in der Hand. Ihr Haar war zu einem kunstvollen Knoten verschlungen. Und ihr Ärger galt gar nicht den Kindern. Sie musterte sie nur kurz im Vorbeigehen und murmelte: „Ah, ja, sehr schön! Willkommen."
Dann herrschte sie die beiden Männer am Auto an: „Was fällt Ihnen ein!" Dabei wedelte sie wild mit dem Klemmbrett in ihrer Hand
„Wir machen hier nur unseren Job", antwortete der Mann am Kofferraum seelenruhig. Er montierte inzwischen eine sehr merkwürdige Kamera auf das dreibeinige Gestell.

„Sie machen hier GAR NICHTS …“, hörte Alva die schneidend scharfe Stimme der Lehrerin, obwohl Mala sie schnell ein Stückchen weggeführt hatte.
„Mit ihr legt man sich besser nicht an, oder?“ Aus Angst, Frau Tinerius könnte sie hören, flüsterte Alva.
„Ja, das solltest du echt vermeiden. Wenn sie wütend wird, passiert nichts Gutes“, antwortete Mala ebenfalls sehr leise.
„Wow, in der Haut dieser Landvermesser möchte ich nicht stecken“, meinte auch Carlos eingeschüchtert.
„Woher willst du wissen, dass das Landvermesser sind?“, fragte Alva.
„Weil der eine einen Theodolit aufgebaut hat!“ Er lächelte zufrieden.
„Einen … was?“, hakte Mala verblüfft nach und Carlos’ Lächeln wurde breiter. Sie gingen über einen kleinen Steg auf die andere Seite eines Bachs.
„Diese Kamera auf dem Gestell, das war ein Theodolit, ein Winkelmesser. Damit vermisst man das Gelände. Wahrscheinlich wollen die hier was bauen.“
Er schaute triumphierend, doch Mala beachtete ihn gar nicht. Verwirrt drehte sie sich noch mal zum Parkplatz um. „Warum sollten die hier bauen wollen?“

„Ich glaub auch nicht, dass hier heute etwas gebaut wird", bemerkte Alva und zeigte auf das Auto der Landvermesser, das eine Staubwolke aufwirbelnd Richtung Ausgang brauste.

KAPITEL 7

KLEE, KLEE, GRÜNER KLEE

„Lasst uns auf die Anhöhe gehen“, schlug Mala vor und deutete auf einen kleinen Hügel. „Von dort hat man den besten Überblick.“

Sie folgten dem Weg am Bach entlang und als sie auf dem Hügel angekommen waren, zeigte Mala in die Richtung eines kleinen Waldes. Dahinter konnte Alva die nebelverhangene Brücke erkennen und am Waldrand davor stand das große Gebäude aus Glas und Beton, das Alva bei ihrer Ankunft entdeckt hatte.

„Das ist die Schule“, erklärte Mala.

„Da schlaft ihr?", fragte Carlos.
„Ähm, nein. Das ist nur die Schule. Gewohnt und geschlafen wird dort." Sie verwies nach rechts auf die Backsteinhäuser.
„Schade, du kannst nicht einfach mal im Schlafanzug zum Unterricht", sagte Carlos zu Alva. Das war für ihn der einzige Vorteil eines Internats.
Alva schaute noch einmal zu dem ungewöhnlichen Schulgebäude hinüber. „Es sieht aus wie ein notgelandetes Raumschiff", stellte sie fest.
„Ja, irgendwie schon", stimmte Mala ihr zu. „Das Schloss und die Backsteinhäuser gehörten alle zum Anwesen des Grafen. Die Schule ist der einzige Neubau."
„Wozu hat der denn so viel Platz gebraucht?", mischte sich Carlos ein.
Mala zuckte mit den Schultern. „Keine Ahnung! Der Graf muss ziemlich verrückt gewesen sein." Sie drehte sich zu Carlos und wisperte unheilvoll: „Man sagt aber auch, dass es hier spukt!"
„Paaah", rief Carlos und schaute sich unsicher um.
Als sie weitergingen, hörte Alva neben dem Geplauder und den Streitereien der Insekten aus der Wiese auf einmal Tiere singen. Sehr laut und sehr unmelodisch.

„Klee, Klee, Klee, grüüüüüner Klee, hallo, Raupe, grüüüüner Klee, Klee, Klee."

„Knaaaabenkraut, süßes, süßes Knaaabenkraut!"

„Wegwarte, Wegwarte, warte, ein Weg, oh, hier steht wieder Wegwarte, Wegwarte!"

„Kerbel, Kerbel, noch ein Kerbel, ah, da wächst ein Labkraut!"

Das konnte nur eines bedeuten …

„Habt ihr hier Schafe?", fragte sie.

„Schafe? So ein Quatsch!", prustete Carlos sofort los.

„Doch, doch!", widersprach Mala ganz ernst. „Wir haben Schafe! Die sind unsere Rasenmäher! Sie laufen frei auf der Insel rum."

„Ach, wirklich? Und wo sind die jetzt?", hakte Carlos streng nach.

„Entspann dich! Es sind Schafe hier, basta", unterbrach Alva ihren Bruder genervt. Mala war total nett. Carlos würde Alva mit seiner Besserwisserei nicht den Start in ihrer neuen Schule kaputt machen.

Doch Mala interessierte sich nicht für den Streit zwischen den Geschwistern. Sie hatte sich von ihnen weggedreht und winkte einem Jungen zu, der ihnen auf dem Weg entgegenkam.

Er war groß, hatte braunes kurzes Haar, eine lustige Stupsnase und grinste Mala schon von Weitem an.
„Hi! Heute als Touri-Guide unterwegs?", zog er sie auf, sobald er nahe genug an die kleine Gruppe herangekommen war.
„Hallo, Jonas. Das ist Alva! Sie ist neu hier. Und das ist ihr Bruder Carlos. Er ist KEIN Schüler."
Alva fand es zuerst merkwürdig, wie sehr Mala betonte, dass Carlos KEIN Schüler der SCHOOL OF TALENTS war. Aber dann wurde ihr klar, dass sie Jonas damit warnte, nicht über Talente zu sprechen.
„Hallo", grüßte Jonas. Dann fragte er Mala: „Du hast nicht zufällig mein …" Er zögerte und dachte angestrengt nach, als würde ihm das Wort nicht einfallen. Dann streckte er Daumen und Zeigefinger weit auseinander und sah Mala fragend an.
„… dein Taschenmesser?", beendete Mala seinen Satz fragend und Jonas nickte freudig.
„Ja, genau, mein … TA-SCHEN-MES-SER", sagte er gedehnt.
Alva fand das Gespräch trotz Geheimhaltung sehr seltsam. Sie hatte das Gefühl, Jonas suchte nicht wirklich nach einem Taschenmesser.

„Wow, du hast ein eigenes Taschenmesser?“, fragte Carlos und seine Augen wanderten anerkennend zwischen Jonas’ Daumen und Zeigefinger hin und her.
„Was? Ja, genau!“, antwortete der und ließ schnell seine Hand sinken.
„Sollen wir dir suchen helfen?“, bot Carlos an.
„Nein, nein, kein Problem. Das findet mich schon wieder“, lehnte Jonas schnell ab.
„Das Taschenmesser findet DICH …?“, wiederholte Alva. Ihr Blick wanderte über die Wiese um sie herum. „… hier draußen?“
„Na klar, das schafft es schon. Es ist ziemlich schlau“, antwortete Jonas grinsend.
„Wie soll das …“, setzte Carlos zu einer Frage an.
Doch er konnte nicht zu Ende sprechen.
Plötzlich erzitterte die Erde unter ihren Füßen. Sie hörten dumpfes, schnelles Stampfen. Alva zuckte erschrocken zusammen. Carlos klammerte sich Schutz suchend an ihren Arm. Was immer er fragen wollte, hatte er vergessen.
Da kam wie aus dem Nichts die Schafherde aus einem kleinen Wäldchen am Fuße des Hügels gestürmt und raste laut blökend links und rechts an ihnen vorbei.

„*Fressen! Fressen! Fressen!*“, schrien sie durcheinander. Das war nicht der normale, nervige Singsang, mit dem Schafe sonst ihr Essen untermalten. Die Panik der Tiere dröhnte in Alvas Kopf.

Und dann hörte sie das Geräusch.

KAPITEL 8

FLAP FLAP FLAP

Was war das?

Carlos hatte sein Gesicht immer noch fest in Alvas Ärmel gedrückt. Mit nur einem Auge starrte er entsetzt den wild gewordenen Schafen hinterher.

Unsicher schaute Alva sich um. Mala und Jonas sahen nicht ganz so erschrocken aus. Sie wichen geschickt den Schafen aus und, da war sich Alva ziemlich sicher, gaben sich heimlich Zeichen.

Die Schafe waren ein paar Meter hinter ihnen auf der Spitze des Hügels stehen geblieben und beruhigten sich langsam. Einige reckten die Hälse und sahen sich um, andere fingen schon wieder an, Gras zu rupfen. Ihre Stimmen in Alvas Kopf wurden langsam etwas leiser. Gerade wollte Alva erleichtert ausatmen und sich zu Mala und Jonas umdrehen, da hörte sie es wieder.

Flap. Flap. Flap.

Diesmal sah sie einen riesigen Schatten. Er kam über die Wiese auf sie zu.

„Boah, schaut mal, der Stein da, der blinkt!", rief Mala plötzlich von hinten, packte Carlos an den Schultern und drehte ihn weg vom Schatten, hin zu den Schafen.

„Wo?", fragte Alvas kleiner Bruder und seine Augen suchten den Kiesweg ab.

Auch Alvas Blick wanderte kurz über den Boden. Da war nichts.

Dann begannen die Schafe wieder zu schreien.

„Fressen! Fressen! Fressen! Fressen! Fressen! Fressen! Fressen! Fressen!"

Erneut stürmte die ganze Herde los.

„Da! Jetzt hab ich's auch gesehen!", meldete Jonas laut und zeigte auf den Weg. „Der Stein kann sogar die Farbe wechseln!"

Flap. Flap. Flap.

Alva hob den Blick. Ihr stockte der Atem. Mit weit geöffnetem Mund starrte sie in den Himmel.
Über ihnen flog ein Drache. Ein richtig echter Drache.
Und plötzlich verstand sie die Schafe. Sie redeten nicht über ihr FRESSEN, sondern davon, ge-FRESSEN zu werden.
Und ihre Panik war nicht übertrieben.
Dieser Drache sah wirklich aus, als könnte er locker eine Schafherde verspeisen. Majestätisch segelte er durch die Lüfte. Seine grünen Schuppen glänzten in der Sonne. Kraftvoll schwangen die gigantischen Flügel.
Flap. Flap. Flap.
Dann glitt er lautlos weiter. Sein Schatten auf dem Boden kam immer näher. Gleich würde er direkt über ihnen sein.
Alvas Gehirn setzte stotternd wieder ein. Auf einmal verstand sie, was Mala und Jonas vorhatten. Carlos durfte den Drachen auf keinen Fall sehen – besondere Talente, Geheimhaltung – und überhaupt, wie sollten sie ihm DAS erklären?
„Oh! WOW! Schau, Carlos, es sind sogar mehrere Steine! Und sie blinken wirklich“, rief Alva.
„Ich seh nix“, brummte ihr kleiner Bruder.
Mist! Gleich würde er sich aufrichten und den Drachen

UBER

entdecken. Alva wechselte hektische Blicke mit Jonas und Mala. Die zuckten nur hilflos mit den Schultern.
Eilig band Alva den Pulli um ihre Hüften los und warf ihn Carlos und sich über den Kopf.
„Hey, was soll das?“, wehrte der sich.
„So ist es dunkler. Dann kann man die Steine besser sehen“, erklärte Alva und hielt den Pulli fest über ihre Köpfe gespannt. Angestrengt tat Alva so, als würde sie nach leuchtenden Steinen Ausschau halten.
Nach einer Weile fragte ihr Bruder leise in die Dunkelheit: „Da blinkt gar nichts, oder? Ihr verhohnepipelt mich nur.“
Bevor Alva antworten konnte, hörte sie Mala rufen: „Oh, schade, jetzt haben sie aufgehört zu leuchten.“
Alva zog vorsichtig den Pulli weg und suchte mit einem schnellen Blick den Himmel ab. Der Drache war verschwunden. Vor ihr standen nur Jonas und Mala und guckten erleichtert.
„Ich bin doch nicht doof“, regte sich Carlos auf. Sein Gesicht war knallrot. „Als ob es blinkende Steine gibt!“
Wütend stapfte er ein paar Schritte voraus.
Jonas verbeugte sich leicht vor Alva und flüsterte: „Willkommen in der SCHOOL OF TALENTS.“
Ein Lächeln breitete sich auf Alvas Gesicht aus. Zu gerne

hätte sie eine ähnlich würdige Geste oder auch nur eine lässige Antwort gegeben, doch ihr Kopf war wie leer gefegt. Mehr als ein stummes, wenig erhabenes Nicken brachte sie nicht zustande.

Jonas schien das gar nicht zu bemerken. Er unterhielt sich inzwischen mit Mala.

Alva ließ ihren Blick schweifen. Alles wirkte wieder … normal. Kein Drache war am Himmel zu sehen. Die Käfer, Ameisen, Spinnen und sonstigen Kriechtiere der Wiese redeten wild durcheinander. Die Schafherde sang ihr Futterlied.

Doch dann sah Alva auf einmal einen Jungen, der sich ein Stück weiter entfernt aus dem Gras erhob. Er hatte blondes Strubbelhaar und schaute sich suchend um. Als er Jonas, Mala und Alva entdeckte, begann er, davonzurennen. Hatte er etwa die ganze Zeit dort in der Wiese gelegen? Der Junge war aus dem Nichts aufgetaucht. Als wäre er unsichtbar gewesen.

Onkel Thomas hatte nicht übertrieben. Hier war wirklich einiges los!

KAPITEL 9

BLÖDE GÄNSEBLÜMCHEN

„Dort hinten sind die Ställe", erklärte Mala wenig später und deutete auf etwas, das wie ein Bauernhof aussah. Jonas hatte sich wieder verabschiedet und war in Richtung Schule davongerannt.

„Alva hasst Tiere", murrte Carlos.

Alva wurde rot und stammelte: „Ich … also nicht, dass ich sie hasse … aber … ich hab's nicht so mit Tieren." Sie sah Carlos böse an. Da war einmal jemand nett zu ihr und er stellte sie gleich als die Ober-Tierhasserin dar.

„Alles gut!", beruhigte Mala sie grinsend. „Ich finde zum

Beispiel Gänseblümchen doof. Sie glauben, dass sie die niedlichsten Pflanzen sind", erklärte sie, drehte sich zur Wiese hin und rief: „Blödes, eingebildetes Unkraut!"
Alva lachte erleichtert und wollte etwas antworten, doch inzwischen waren sie an einem Haus angekommen, aus dem gerade Alvas Eltern und Direktor Franzen traten. Alva stellte fest, dass „Direktor Franzen" eigentlich viel besser zu ihrem strengen und ernsten Onkel passte. Jetzt musterte er sie mit gerunzelter Stirn. Oh nein, schnell, sie musste an etwas anderes denken. *Gänseblümchen, Gänseblümchen, Gänseblümchen ...*
Alva war so mit ihren Gedanken beschäftigt, dass sie fast verpasst hätte, wie Mala sich verabschiedete. „Danke für alles!", konnte sie ihr gerade noch hinterherrufen.
„Wir waren schon mal kurz drin", sagte Mama und deutete auf das Haus. Vielleicht hatte Onkel Thomas auch schnell eine Lösung für das Drachenproblem gebraucht, überlegte Alva. Sie warf ihm einen Seitenblick zu. Sah sie da vielleicht ein zustimmendes Nicken? Nein, keine Reaktion beim Herrn Direktor.
„Und wir haben Landvermesser gesehen", verkündete Carlos.
„Ihr wollt bauen?", fragte Papa Onkel Thomas.

„Ja … nein … das ist nur … es geht da mehr um das Grundstück … das Grundbuchamt … es ist eine reine Formsache“, erklärte der.
Alva traute ihren Ohren kaum. Direktor Franzen, der jede Situation immer voll im Griff hatte, stammelte wie ein ertappter Grundschüler. Außerdem fingerte er die ganze Zeit an seiner Krawatte rum. Vielleicht konnte er ja prima Gedanken lesen, aber lügen konnte er echt schlecht. Diese Landvermesser waren wohl eher eine Landplage. Erst regte sich Frau Tinerius auf. Jetzt stammelte Direktor Franzen rum. Da war doch irgendwas im Busch.
„Gehen wir uns doch dein Zimmer anschauen“, schlug Direktor Franzen da vor und öffnete die Tür des zweistöckigen Hauses.

KAPITEL 10

KOFFERPOST

Kurze Zeit später saß Alva auf ihrem neuen Bett in ihrem neuen Zimmer und konzentrierte sich darauf, nicht zu weinen. Nach endlosen Küssen hatte sich Alvas Familie auf den Heimweg gemacht. Nun war sie allein. Entschlossen stand Alva auf und öffnete ihren Koffer. Obenauf lag Jolanda Biber. Sie war, für manche vielleicht überraschend, ein Teddybär. Schnell schnappte sich Alva das Kuscheltier und drückte es fest an sich. Drei Wochen, zwanzigmal schlafen, dann würde sie wieder heimfahren. Das hatte Alva schon zu Hause ausgerechnet.

Sie blinzelte, atmete tief durch und legte Jolanda auf ihr Bett. Das Zimmer war nicht groß. An der Wand stand links und rechts jeweils ein Bett. Neben jedem Bett stand ein Regal. Auf der linken Seite stapelten sich Bücher, Schuhkartons und Stofftiere, ein Hase und ein kleiner Elefant. Das rechte Regal war leer.

Dort stellte Alva die zwei neuen Bände der Schatzsucherin Hanni Schliemann ab. Danach räumte sie ihre Klamotten in den Kleiderschrank. Dabei fiel ihr Blick auf eine weiße Papierecke, die zwischen ihren Pullis rausschaute. Sie zog daran. Ein Briefumschlag kam zum Vorschein. Mit gerunzelter Stirn drehte Alva ihn in den Händen. Auf der Vorderseite stand: FÜR ALVA.

Es war Carlos' Krakelschrift. Er musste den Brief zu Hause in ihren Koffer geschmuggelt haben.

Schnell öffnete Alva den Umschlag. Dabei fiel etwas auf den Boden vor ihre Fußspitzen. Sie bückte sich und hob einen Leuchtstern-zum-an-die-Decke-Kleben auf. Carlos hatte solche über seinem Bett. Alva und er hatten sie zusammen dort angebracht.

Mit dem Stern in der Hand faltete sie das Blatt auf, setzte sich aufs Bett und begann zu lesen.

LIEBE ALVA,

DAMIT DU KEINE ANGST HAST, IN DER DUNKELHEIT UND ÜBERHAUPT, SCHICKE ICH DIR EINEN STERN VON MEINER ZIMMERDECKE.

ICH FINDE ES DOOF, DASS DU JETZT AUF DIESE SCHULE GEHST, DIE SO WEIT WEG IST. UND ICH VERSTEHE AUCH NICHT, WARUM.

MAMA SAGT, DASS ES DIR DA GUT GEHEN WIRD. WEIL DU JA BEI ONKEL THOMAS BIST. ALS OB! ONKEL THOMAS, DER GRUSELIGE.
DER IST SICHER SO HILFREICH WIE EIN SANDKASTEN IN DER WÜSTE. WAHRSCHEINLICH IST ER GAR KEIN RICHTIGER LEHRER! ABER DAS KRIEG ICH RAUS UND DANN KOMM ICH UND HOL DICH WIEDER HEIM.
HALTE BIS DAHIN DURCH!

DEIN CARLOS

Erst jetzt bemerkte Alva, dass sie den Stern so fest umklammert hielt, dass seine Spitzen sich in ihre Handfläche gebohrt hatten. Sie spürte, wie ihr Hals enger wurde, und musste sich räuspern, um wieder normal atmen zu können. Irgendwie fehlte ihr die kleine Nervensäge schon jetzt! Und egal, wie sehr sie dagegen ankämpfte, ihr Hals wurde enger und enger. Sie spürte den blöden, dicken Kloß. Das Stimmengewirr der Tiere vor dem Fenster zerrte an ihren Nerven. Sie müsste gar nicht hier sein, wenn sie diese bescheuerten Viecher nicht hören würde.

NEIN, beschwor sie sich mit zusammengebissenen Zähnen, sie würde jetzt nicht losheulen!

„Haltet endlich alle mal den Rand!“, schrie sie in den leeren Raum.

Die Tür wurde plötzlich aufgerissen. Ein Mädchen mit Pferdeschwanz stürmte rein. Alva wischte sich mit dem Handrücken über die Augen und biss sich auf die Unterlippe. Hatte das Mädchen sie schreien gehört?

„Hallo, ich bin Alva“, stellte sie sich schnell vor.

„Mhm, dachte ich mir“, brummte das Mädchen. Ohne Alva eines Blickes zu würdigen, ging sie an ihr Regal und öffnete einen Schuhkarton.

„Du bist Friederike?“ Alva war nicht bereit, so schnell aufzugeben.
„Jepp.“
Das sollte wahrscheinlich JA heißen. Alva dachte krampfhaft über weitere Fragen nach, während Friederike in ihrer Schuhschachtel rumkramte und so tat, als wäre Alva Luft.
„Wie lange bist du schon hier?“, fragte Alva weiter.
„September.“ Friederike hatte offensichtlich gefunden, was sie gesucht hatte, denn sie nahm etwas aus der Schachtel und steckte es in ihre Hosentasche. Dann sagte sie „Türilüü“, schnappte sich das Skateboard neben der Tür und verschwand so schnell, wie sie aufgetaucht war.
Türilüü? Ernsthaft? Sollte das ein Vogel sein?
Diese Friederike kannte sie noch nicht einmal und machte sich schon über sie lustig. Alva ließ sich auf die Bettkante fallen. Es war genau wie an ihrer alten Schule. Natürlich hatte Friederike sie schreien gehört. Deshalb war sie so unfreundlich. Keiner wollte mit einer Wahnsinnigen das Zimmer teilen. Ihre Augen füllten sich mit Tränen. Schon wieder! *Heulsuse*, beschimpfte sie sich in Gedanken, doch es nutzte nichts. Sobald sie blinzelte, kullerte die erste Träne über ihre Wange. Und dann noch eine zweite.

Schnell schnappte Alva sich Jolanda Biber und drückte ihr Gesicht und ein paar weitere ungeplante Tränen in den Bärenbauch. „Du willst auch nicht hier sein, oder?“, flüsterte Alva mit tränenerstickter Stimme.
Doch DIESES Tier schwieg.
Es ist nur für drei Wochen, tröstete sich Alva. Sie durfte sich auf keinen Fall unterkriegen lassen. Vor allem nicht von einem solch unfreundlichen Fusselhirn wie dieser Friederike. Trotz der Tränen musste Alva grinsen. Entschlossen zog sie die Nase hoch, wischte sich mit ihrem Ärmel über das Gesicht und atmete tief durch. Egal, wie gemein Friederike Fusselhirn zu ihr war: Sie würde das schaffen!

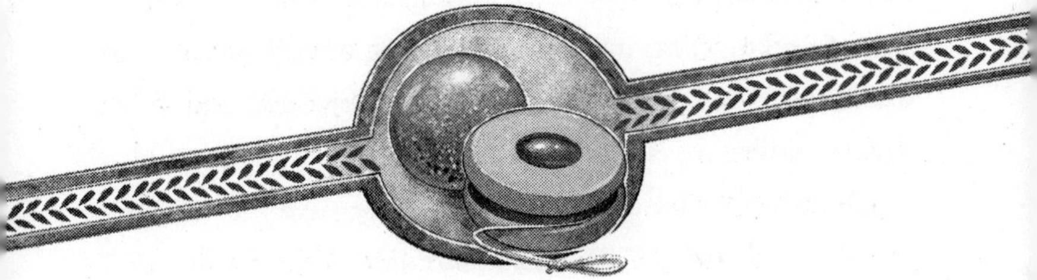

KAPITEL 11

STREU EINFACH GLITZER DRAUF

„Okay, dann sind wir uns einig", sagte Onkel Thomas wenig später und zog die Tür zur Mensa auf.

„Ich bin nicht deine Nichte und du kannst keine Gedanken lesen", fasste Alva leise zusammen, als sie am Direktor vorbei in das Gebäude ging. Sie hatten das auf dem Weg besprochen. Alva wollte nicht überall als die Nichte des Direktors bekannt werden und offenbar wusste niemand, dass Onkel Thomas Gedanken lesen konnte.

„Und du nennst mich aber trotzdem weder Onkel Direktor noch Direktor Thomas“, vergewisserte er sich streng. Das waren Alvas Vorschläge auf die Frage gewesen, wie sie ihn nennen sollte.

„Alles klar, Direktor Franzen!“, stimmte Alva zu.

Er folgte ihr in das Gebäude. „Hier kannst du deine Schultasche abstellen, wenn du mittags zum Essen gehst“, erklärte er und deutete auf die großen Regale.

Dann zeigte er auf eine riesige Anzeigetafel, die über den Regalen hing. „Das ist unsere Infotafel. Hier werden schon die Unterrichtsangebote und Freizeitveranstaltungen für morgen angezeigt. Die Tafel ist etwas … eigenwillig. Lass dich davon nicht irritieren.“

„Eigenwillig?“, hakte Alva stirnrunzelnd nach. Wie konnte ein Gegenstand eigenwillig sein? Sie schaute sich die Tafel genauer an. Es waren viele Tabellen und Listen darauf zu sehen. Vielleicht meinte Onkel Thomas so verwirrende Informationen wie: *Talenttraining Dynamos, Frau Tinerius, im Nest.* Das klang für Alva allerdings ziemlich eigenwillig.

„Manchmal verschwinden ein paar Informationen, aber sie erscheinen auch wieder. Es ist so was wie ein Wackelkontakt …“, erklärte Onkel Th… Direktor Franzen.

Alva fragte sich, wie viel sie davon verstehen musste, um drei Wochen zurechtzukommen.

„Sehr gut! Die Lingos treffen sich mit Frau Molina morgen im UFO. Das wäre dann dein erster Unterricht", sagte der Direktor und zeigte auf irgendeinen Punkt auf der Tafel.

In Alvas Kopf entstanden unendlich viele Fragezeichen. Trotzdem antwortete sie: „Ah, ja. Alles klar."

Gemeinsam gingen sie durch die geöffnete Flügeltür in den Speisesaal. Die meisten Tische waren besetzt. Wortfetzen, Rufe und Gelächter waberten durch den Raum. Es roch nach Essen.

Als die Kinder an den Tischen direkt am Eingang den Direktor bemerkten, verstummten ihre Gespräche. Sie reckten die Hälse, um zu sehen, mit wem er hier war. Wie eine Welle verbreitete sich die Aufmerksamkeit immer weiter.

Und Alva stand im Zentrum.

Dann hörte sie eine Mädchenstimme: „Hallo, Direktor Franzen! Alva kann bei uns sitzen."

Alva hob den Kopf und erkannte Mala, die ihr zuwinkte. Der Junge mit den strubbeligen Haaren, der vorhin aus dem Nichts aufgetaucht war, saß ebenfalls bei ihr. Zwischen seinen Händen hatte er eine Schnur gespannt, auf der er ein Jo-Jo hin- und herrollen ließ. Außerdem waren noch Jonas und ein weiteres Mädchen an dem Tisch. Alva hob die Hand und deutete ein schüchternes Winken an.

„Das passt doch, oder?", fragte Direktor Franzen, nachdem er Mala entdeckt hatte.

„Ja, natürlich", stimmte Alva erleichtert zu.

„Falls was ist … du weißt, wo du mich findest!", erinnerte er sie, bevor er die Mensa verließ.

Alva ging durch den Raum und spürte, wie die Blicke ihr folgten. Aus den Augenwinkeln konnte sie sehen, wie Kinder, die sie noch nicht bemerkt hatten, angestupst wurden. Köpfe deuteten in ihre Richtung.

Endlich erreichte sie Malas Tisch.

„Hallo!", begrüßte Mala Alva und lächelte. „Das sind Lenni und Till", stellte sie die anderen vor. Lenni lächelte ihr zu. Till schaute nur ganz kurz von seinem Jo-Jo hoch. Sofort fielen Alva seine unfassbar blauen Augen auf.

„Hallo", sagte Alva und setzte sich zögerlich.

„Und Jonas kennst du ja schon", sagte Mala.

Alva nickte.

„Du warst echt schnell vorhin, als wir deinen Bruder ablenken mussten", lobte Jonas anerkennend.

„Schnell?“, fragte Lenni. Sie hatte ihr Haar seitlich zu zwei Dutts gedreht, die wie kleine Antennen von ihrem Kopf abstanden.
„Ja, als Super-Elwin den Drachen gegeben hat“, erklärte Jonas und verdrehte die Augen. Offenbar wussten alle am Tisch Bescheid, denn keiner der anderen hakte nach. Nur Till brummte: „Dieser Vollpfosten!“
„Was ist dein Talent?“, fragte Jonas, während er andächtig mit dem Finger Krümel von seinem Tablett sammelte.
Alva wurde ganz flau im Magen. „Ich kann Tiere verstehen“, antwortete sie leise und wartete auf das Lachen.
„Und welche?“, wollte Jonas wissen und steckte sich seinen Finger mit der Krümelausbeute in den Mund.
„Wie, welche?“, fragte Alva und schaute auf. „Ich kann sie alle hören.“
Jonas starrte sie mit dem Finger im Mund an. Till warf ihr einen überraschten Seitenblick zu und verlor dabei die Kontrolle über sein Jo-Jo, das auf der Tischplatte aufschlug und dann unter den Tisch polterte.

Mala und Lenni musterten sie überrascht. Niemand sagte ein Wort. Alva hatte das Gefühl, etwas ganz Dummes oder Falsches gesagt zu haben.
„Alle?", wiederholte Lenni nach einer Weile verblüfft.
„Na, zumindest alle, die ich bisher getroffen habe …", erklärte Alva und fügte hinzu: „… bis auf Schmetterlinge und Regenwürmer."
„Wow", flüsterte Mala und die anderen sahen ebenfalls ehrlich beeindruckt aus.
„Wir haben niemanden an der Schule, der ALLE Tiere versteht", erklärte Till und fischte nach seinem Jo-Jo.
„Ich dachte, diese Rothaarige aus der Siebten kann mit allen reden", widersprach Lenni nachdenklich.
„Nicole? Nö, kann sie nicht", wusste Mala.
Alva hörte nicht mehr zu, sondern starrte enttäuscht vor sich auf die Tischplatte. Sie murmelte: „Ich dachte, wenigstens hier wäre ich normal."
Till musterte sie von der Seite. Dann sagte er leise: „Normal ist langweilig."
Alva hob den Kopf und warf ihm einen überraschten Blick zu. Doch er spielte schon wieder mit seinem Jo-Jo und meinte nur: „Wenn dir dein Leben nicht gefällt, streu Glitzer drauf!"

„Hast du zufällig welchen da?“, brummte Alva.

Till legte das Jo-Jo auf den Tisch und fing an, in seinen vielen Hosentaschen rumzukramen.

Alva beobachtete ihn gespannt. Vielleicht konnte er ja Dinge herzaubern!

Till förderte zwar keinen Glitzer aus seiner Hosentasche hervor, aber dafür einen kleinen Flummi, nicht viel größer als eine Murmel, durchsichtig und mit Flitter gefüllt.

„Bitte schön“, sagte Till und legte den Gummiball vor Alva auf den Tisch.

„Da…dank…e“, stammelte sie, nahm den Flummi und spürte, wie sie rot wurde. So nett war außerhalb ihrer Familie noch nie jemand zu ihr gewesen.

Till spielte inzwischen wieder mit seinem Jo-Jo und lästerte über einen Max, der nur behaupten würde, mit Tieren reden zu können. Alva hörte zu und vergaß nach und nach einfach, sich schlecht zu fühlen.

KAPITEL 12

VON REGEN UND ZWERGEN

„Was habt ihr denn für Talente“, fragte Alva nach einer Weile in die Runde. Während sie den anderen lauschte, konnte sie nicht aufhören, über diese Frage nachzudenken. Nun hatte sie all ihren Mut zusammengenommen und sie laut gestellt.

„Ich beherrsche Wasser“, antwortete Mala.

Darunter konnte sich Alva nun gar nichts vorstellen.

„Was? Wie?“, fragte sie.

Anstelle einer Antwort starrte Mala auf ein Glas Wasser, das vor ihr auf dem Tisch stand.

Erst passierte nichts. Alva wollte Mala schon fragen, ob sie etwas verpasst hätte, da erhoben sich einige Tröpfchen aus dem Glas. Sie ruckelten ein bisschen durch die Luft und verdichteten sich zu einer winzigen Wolke, die langsam in Richtung Till schwebte.

„Mala, wehe“, zischte der und lehnte sich zurück, so weit es ging. Doch da war es schon zu spät. Das Wölkchen ließ erste Tropfen direkt auf Tills Haar regnen.

Fasziniert beobachtete Alva den Minischauer, als Till plötzlich vor ihren Augen verschwand. Sein Jo-Jo eierte noch über den Tisch, doch von ihm fehlte jede Spur.

Überrascht sah Alva zu den anderen hinüber. Dann wieder neben sich, wo sie gerade noch zugeschaut hatte, wie es in Tills Haar regnete.

„Er kann sich unsichtbar machen?“, fragte sie in die Runde.

„Nicht ganz, guck genauer auf den Stuhl“, antwortete Jonas grinsend.

Alva senkte ihren Blick auf die Sitzfläche des Stuhls. Das konnte doch nicht sein!

Da stand Till … oder eine gaaaaaaanz kleine Ausgabe von ihm. Mini-Till war etwa so groß wie ein Bleistift. Fast hätte sie ihn übersehen.

„Er kann sich … schrumpfen!“, stellte Alva fest.

„Ja, kann ich", hörte sie Tills Stimme plötzlich neben sich. Ihr Kopf fuhr herum. Er war wieder normal groß.
„DU warst das Taschenmesser! Deswegen habe ich dich im Gras nicht gesehen!", fiel ihr plötzlich ein. Sie schaute aufgeregt zwischen Jonas und Till hin und her.
„Ertappt", gab Jonas lachend zu.
„Das ist ja unglaublich", flüsterte Alva und musterte Till neugierig. „Wie machst du das?", wollte sie wissen.
„So, wie du Tiere hörst. Ich weiß es nicht", antwortete er schulterzuckend, nahm sein Jo-Jo und ließ es neben sich kreisen.
„Und ihr zwei?", fragte Alva und schaute Lenni und Jonas erwartungsvoll an. Vielleicht fing einer von den beiden gleich Feuer oder wurde zu einer Fee.
„Ich kann nur das", antwortete Lenni und stieß mit ihren Fingern durch den Tisch. Zuerst glaubte Alva, es wäre ein Trick. Sie starrte auf Lennis Hand, die bis zu den Fingerknöcheln im Holz des Tisches steckte. Dann beugte sie sich zur Seite, um unter den Tisch zu schauen.
„Wow!", entfuhr es Alva, als Lennis Finger ihr von unter dem Tisch zuwinkten.
„Geht das nur mit Holz?", fragte sie Lenni, die ihre Hand wieder zurückgezogen hatte.

„Nö, Holz ist aber am leichtesten. Doch irgendwann kann ich mal durch eine Betonwand gehen", antwortete sie und massierte ihren Daumen.
„Und du?", wollte Alva von Jonas wissen.
„Ich kann's dir leider nicht zeigen. Sonst gibt's Ärger", antwortete er. Alva hörte Till neben sich leise stöhnen.
„Was kannst du? Vulkanausbruch? Hurrikan? Springflut?", zählte Alva die ersten Dinge auf, die ihr durch den Kopf gingen und die man auf keinen Fall in geschlossenen Räumen tun sollte.
„Ich kann mich in einen Flugsaurier verwandeln", erklärte Jonas mit vor Stolz geschwellter Brust.
„In so etwas wie das vorhin?", fragte Alva mit großen Augen.
„Nicht ganz, ER wäre den Hügel hochgestapft gekommen", antwortete Mala anstelle von Jonas.
„Er hätte sich natürlich auch in eine Fliege, Biene, einen Spatz oder Adler verwandeln können", ergänzte Till und fing sein Jo-Jo, bevor es nach einem gewagten Looping auf die Tischplatte knallen konnte.
Jonas erklärte murrend: „Ich kann mich in jedes Flugtier verwandeln … aber ich kann NICHT FLIEGEN."
Er warf Mala einen bösen Seitenblick zu.

Alva verstand. Er sah sich selbst lieber als den imposanten Drachen in der Luft und ungern als den prustenden Vogel zu Fuß.

Nach dem Mittagessen mussten die anderen zurück zum Unterricht. Alva hatte erst morgen ihre erste Stunde und suchte sich einen Platz, wo sie lesen konnte. Mala und Lenni hatten ihr zwar angeboten, sie später im Schulgarten zu treffen. Doch Alva wollte auf keinen Fall lästig sein. Außerdem brauchte sie etwas Pause von neuen Menschen und Erlebnissen. Ihr Schädel brummte jetzt schon. Noch dazu hatte sie ja neue Bücher und brannte darauf, das nächste Abenteuer von Hanni Schliemann zu beginnen. Alva setzte sich auf eine Bank in der Nähe der Mensa und vertiefte sich in die Geschichte. Begeistert folgte sie Hanni Schliemann nach Bolivien, um eine geheime Inkastadt zu finden. Hanni musste diesmal einen Geheimcode knacken und Alva machte sich Notizen am Rande des Kapitels. Wie immer, wenn sie las, vergaß sie die Zeit. Wären Jonas und Till nicht zufällig an ihrer Bank vorbeigekommen, hätte sie das Abendessen verpasst.

KAPITEL 13

STOPP! WELT ANHALTEN!

Am Abend ging Alva langsam über den Flur vom Waschraum zu ihrem Zimmer. Die Lampen schalteten auf blau schimmerndes Nachtlicht um.

Sie hatte den ersten Tag hinter sich gebracht.

Zumindest fast. Fest entschlossen, sich von Friederikes Unfreundlichkeit nicht beeindrucken zu lassen, öffnete sie die Zimmertür.

Alvas Zimmernachbarin lag mit dem Gesicht zur Wand in ihrem Bett und las. Das Fenster stand weit offen. Alva kam es vor, als hätten sich sämtliche nachtaktiven Tiere des

Universums laut grölend davor versammelt. Auf keinen Fall würde sie sich das die ganze Nacht lang antun. Sie ging zum Fenster, um es zu schließen.

Da murrte Friederike, ohne von ihrem Buch aufzuschauen: „Sauerstoff? Schon mal was davon gehört? Soll lebenswichtig sein."

Alva motzte zurück: „Tiere? Ich kann sie alle hören? Macht mich fast wahnsinnig?" Dann schloss sie das Fenster. Sie nahm ihren Block und einen Stift aus ihrer Tasche und legte sich ins Bett.

Auf dem Bauch liegend schrieb sie: Lieber Carlos! Hier ist es eigentlich ziemlich lustig.

Da stand Friederike auf und öffnete das Fenster wieder.

Alva seufzte und schrieb weiter:

Nur mit meiner Zimmernachbarin hatte ich Pech. Sie ist ein richtiges Rabenaas, sehr gemein und total unfreundlich …

Das wilde Gezanke von Fledermäusen, Eulen, Siebenschläfern und Katzen war ohrenbetäubend. Alva konnte sich kaum konzentrieren. Die Lust, Carlos zu schreiben, wich dem Ärger über ihre Mitbewohnerin.

Dann legten ein paar Glühwürmchen mit ihrem schrillen Gesang los. Sie klangen wie quietschende Gartentore, die dringend geölt werden mussten.

So ging es nicht. Alva warf die Decke zurück und stand auf.

„Rühr das Fenster nicht an", fauchte Friederike.

Wow! Die war ja total sauer. Doch Alva ließ sich davon nicht beeindrucken. Schließlich hatte sie nichts falsch gemacht. „Falls du es nicht mitbekommen hast: Ich kann alle Tiere da draußen reden hören!", erklärte Alva aufgebracht.

„Komm damit klar. Sie werden die Welt wegen dir nicht anhalten", kam die Antwort aus dem Nachbarbett.

Alva warf Friederikes Rücken böse Blicke zu. Doch mehr als das Umblättern einer Buchseite war von ihr nicht zu hören.

„Sie werden die Welt wegen dir nicht anhalten", äffte Alva sie leise nach, während sie den angefangenen Brief zwischen die Seiten ihres Buches steckte.

Immer noch keine Reaktion von Friederike. Alva motzte: „Ein bisschen Rücksicht ist natürlich zu viel verlangt."

Friederike rührte sich nicht. Also gab Alva es auf und kramte in ihrer Jeans nach den Ohrstöpseln.

Dann legte sie sich zurück ins Bett und schlug ein paar Mal wütend auf ihr Kissen. Obwohl dank der Ohrstöpsel endlich Ruhe war und Alva unter der Decke Jolanda fest an

sich gedrückt hielt, war sie sich sicher, dass sie so wütend auf keinen Fall einschlafen konnte.
Doch schon wenige Minuten später zerfielen die Gedanken zu unscharfen Bruchstücken, die in die dunkle Nacht trieben.
Alva schlief tief und fest.

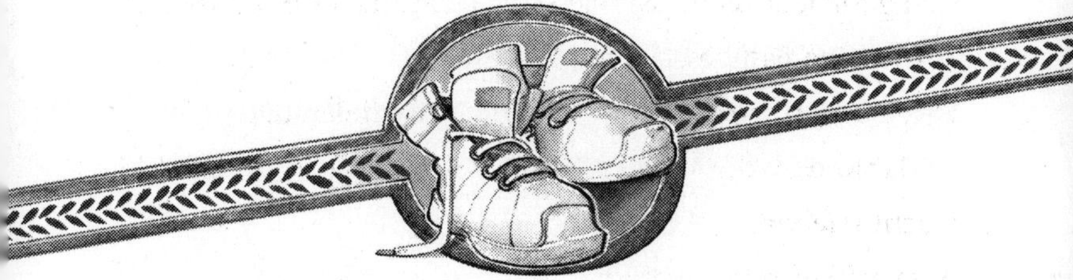

KAPITEL 14

DIE INFOTAFEL KANN DICHTEN

„Weißt du, wo du hinmusst?“, fragte Mala Alva am nächsten Morgen, als sie alle vor der Infotafel standen.

„Zu Frau … Mist! Jetzt hab ich den Namen vergessen! Irgendetwas Italienisches.“

„Molina?“, vergewisserte sich Mala.

Alva nickte dankbar.

Mala lächelte. „Da haben wir’s. Du musst zu den Lingos ins UFO“, las sie vor.

„Was sind Lingos?“, wollte Alva wissen.
„Das kommt von Lingual, dazu gehört irgendwie jeder Laut, der mit der Zunge gebildet wird. Wir nennen alle, deren Talent etwas mit Sprache zu tun hat, Lingos“, erklärte Mala.
Plötzlich fing Lenni neben ihnen an zu schimpfen. „Nicht schon wieder!“
„Och neee!“, maulte nun auch Jonas und starrte nach oben. Alva schaute ebenfalls zur Anzeigetafel. Der Plan mit allen Unterrichtsangeboten war verschwunden. Stattdessen erschien ein Text auf der sonst weißen Oberfläche.

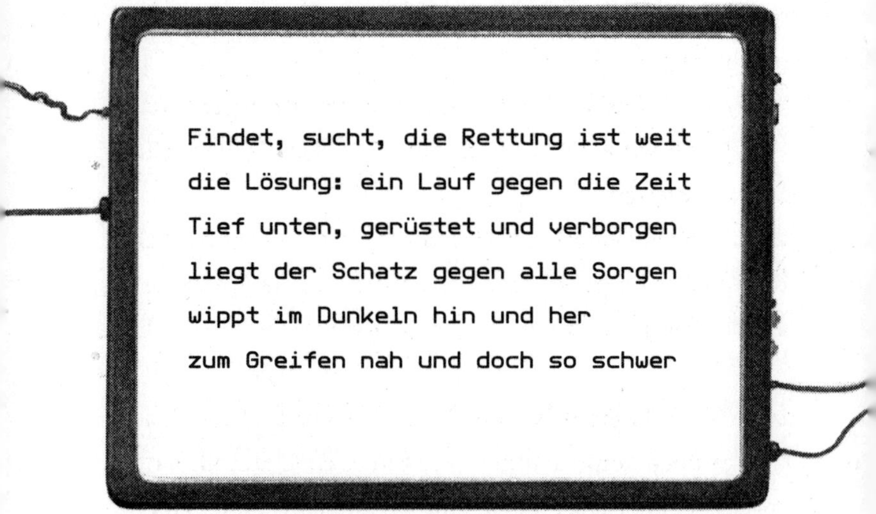

„*Findet, sucht, die Rettung ist weit ...*“, begann Alva leise zu lesen. Das Wort „Schatz“ ließ sie aufmerken. Das klang ja fast wie in ihrem Schliemann-Buch.

Plötzlich veränderte sich das Bild wieder und der Unterrichtsplan tauchte auf.

„Was war denn das?“, fragte Alva überrascht.

„Ständig zeigt die Tafel so ein komisches Gedicht.“ Jonas verdrehte genervt die Augen. „Irgendwie bekommen die das auch nicht in den Griff, oder?“

Mala und Lenni nickten zustimmend.

Alva erinnerte sich, dass Direktor Franzen einen Wackelkontakt erwähnt hatte. „Ist das ein Rätsel?“, fragte sie aufgeregt.

„Nee, eine Fehlfunktion. Das Gedicht geistert irgendwo in der Datenbank der Infotafel rum“, erklärte Till und ließ sein Jo-Jo kreisen.

„Seid ihr euch sicher?“, vergewisserte sich Alva enttäuscht.

„Total. Das einzige Rätsel ist und bleibt, wo heute mein Talenttraining stattfindet ...“, sagte Jonas.

Als sie das Schulhaus betraten, blieb Alva sprachlos stehen. Das war doch keine Schule! Hier sah es eher aus, als hätte jemand in eine riesige Halle eine gigantische Kugelbahn

für Menschen gebaut. Plattformen, die durch Treppen, Leitern, Stege, Hängebrücken oder sogar Rutschen verbunden waren, füllten den ganzen Raum. An manchen Stellen waren Netze gespannt, Seile baumelten von der Decke. Dazwischen lagen Sitzbälle und überall wuselten Kinder rum, die offenbar genau wussten, wo sie hinmussten.
Jonas, der bemerkt hatte, dass Alva nicht weitergelaufen war, kam zurück.
„Du musst die Schuhe ausziehen“, erklärte er ihr.
„Wo sind die Klassenzimmer?“, fragte Alva, als sie zu einem Regal gingen.
Jonas schüttelte den Kopf. „Keine Klassen. Keine Zimmer.“
„Was? Wie soll denn das gehen?“, wunderte sich Alva und stellte ihre Schuhe zu den anderen.
„Du bekommst das hier“, sagte Jonas und wedelte mit einem Tablet vor ihrer Nase rum. „Damit suchst du dir deinen Unterricht zusammen.“
„Ich bekomme einen Computer? Für die Schule?“, vergewisserte sich Alva aufgeregt.
„Ja! Jeder von uns hat einen.“ Jonas grinste.
Mehr Zeit für Erklärungen gab es nicht, denn eine kribbelbunt gekleidete Frau kam auf sie zugestürmt.

„Du musst Alva sein!“, rief sie schon von Weitem.
Alva nickte zustimmend.
„Fantastico! Mein Name ist Frau Molina. Ich bin deine Hauslehrerin und du hast jetzt Talenttraining bei mir.“ Sie musterte Alva mit weit aufgerissenen Augen und fuchtelte wild mit den Händen herum.
Jonas verabschiedete sich.
„Hast du bereits ein Tablet?“, fragte Frau Molina, als ihr Blick auf Alvas leere Hände fiel.
„Nein.“
„Aaaaah, wie ungeschickt! Darum kümmern wir uns später.“ Sie schaute auf ihre Armbanduhr. „Mamma mia, schon so spät. Komm mit, die anderen warten auf uns!“ Dann stürmte sie über die weite, flache Treppe nach oben. Alva musste sich anstrengen, um mit der Lehrerin Schritt zu halten.
„Dein Tablet holst du nach der Schule bei Herrn Petrulla ab. Weißt du, wo das ist?“, fragte Frau Molina.
„Ja!“, japste Alva etwas atemlos.
„Kurse aussuchen, Punkte sammeln, alles ganz einfach. Das versteht man schnell“, erklärte die Lehrerin, während sie im Laufschritt einen Steg überquerten und sie ein paar Schülern in der Hängematte zuwinkte.

Das hier fühlt sich eher wie eine Sportstunde an, dachte Alva. Unter dem Steg sah Alva Kinder mit ihren Tablets in den Händen in einer riesigen Hängematte schaukeln.
„Deine erste Stunde Talenttraining, wie aufregend“, freute sich Frau Molina, bevor sie, husch, husch, eine Leiter hochkletterte und in einem silbernen Gebilde mit großen Gucklöchern verschwand, das wie ein UFO aussah.
„Guten Morgen, meine Lieben!“, hörte Alva die Lehrerin Sekunden später jubeln und beeilte sich, hinterherzukommen.

KAPITEL 15

KANINCHEN IM UFO

Das Ufo war im Inneren komplett mit Teppich ausgekleidet und die Decke war hoch genug, dass man in der Mitte des Raumes stehen konnte. An der Wand war eine durchgehende Bank angebracht, doch die Kinder saßen im Kreis auf dem Boden. Alva konnte nicht sehen, was sich in der Mitte des Kreises befand, aber sie konnte es hören.

„Krieg ich eine Möhre?“

„Können wir anfangen?“

„Eine Neue?“

„Also ich mach heute nichts!“

„Nächstes Mal verstecke ich mich!“

Sechs Kaninchen hoppelten aufgeregt zwischen den Kindern hin und her. Außerdem konnte Alva ein paar Insekten hören, die sich im Stroh der Transportboxen rumtrieben und lautstark Zeug durch die Gegend schleppten.

„ALVA? ALVA!“

Frau Molina fuchtelte mit den Händen vor Alvas Gesicht herum. Alva drehte ihr rechtes Ohr ein Stück in ihre Richtung, um den hohen Singsang der Lehrerin aus den fiependen Kaninchenstimmen herauszufiltern.

„Darf ich dir deine Mitschüler…“, fing Frau Molina an. Dann verlor sich ihre Stimme wieder in den lautstarken Beschwerden der Kaninchen.

„Hey, nimm deine Patschfinger von meinem Fell!“

„Warum ist Hoppel hier nie mit dabei?“

„Leute, geht nicht da vorne hin, da hab ich gerade … puhhhhh!“

„Rieche ich etwa Basilikum?“

Alva versuchte sich wieder auf Frau Molinas Stimme zu konzentrieren. Doch mehr als „… sind Maren und Noah“ erwischte sie nicht mehr.

„… Alva, was wir hier machen“, hörte sie von Frau Molina, die fast tänzelnd durch den Raum wanderte. Alles, was die Lehrerin sonst noch sagte, wurde vom Genörgel der Kaninchen übertönt. Alva wusste nicht mal, ob sie sich hinsetzen oder weiter rumstehen sollte. Sie entschied sich für Rumstehen. Anscheinend verteilte Frau Molina Aufgaben, denn nun rief eines der Mädchen laut: „Wie … Kaninchen verstehen? … total schwer!“

„Aber die reden doch ständig“, sagte Alva gedankenverloren und hatte das Gefühl, die Übung nicht kapiert zu haben.

Ein Junge zu ihrer Linken drehte sich verblüfft zu ihr um. „Wie? Du kannst die hören?“ Es war der, der das unwillige Kaninchen kraulte. Und er redete laut genug, dass Alva sich gut auf seine Stimme konzentrieren konnte.

Sie nickte kaum sichtbar.

Leises Getuschel breitete sich im Ufo aus, doch zum Glück verstand Alva zwischen den Kaninchenstimmen nichts davon. Wahrscheinlich machten sich die anderen Kinder sowieso nur über sie lustig. Am liebsten wäre Alva geflohen. Doch sie blieb mit hängendem Kopf stehen und wünschte sich einfach weit, weit weg.

„Schscht! Schscht!“, zischte da Frau Molina.

Das Gemurmel stoppte.
„Du kannst ALLE Kaninchen hören?“, vergewisserte sich nun auch die Lehrerin ungläubig. Sie redete jetzt sehr laut. Alva hob den Kopf, obwohl ihr Gesicht inzwischen sicher total rot war. Sie zwang sich, die Lehrerin direkt anzuschauen, und wollte antworten.
Doch statt einem *Ja* kam nur ein kehliges Kratzen aus ihrem Mund. Sie räusperte sich, schluckte trocken und startete einen zweiten Versuch.
„Ja …“ Sie spürte die Entrüstung der anderen Kinder richtig und hatte das Gefühl, etwas beweisen zu müssen. „… das Kaninchen da, zum Beispiel …“, fing sie an und deutete auf das Tier, das immer noch gekrault wurde, „… hasst es total, gestreichelt zu werden! Die zwei dort wollen das nächste Mal nicht mitkommen, während das hier vorne nur ans Essen denkt.“ Sie zeigte auf die jeweiligen Tiere und endete etwas atemlos: „… und das da hinten, das hat gerade gepupst!“
Der Junge neben dem Pupser-Karnickel verzog das Gesicht und begann, mit der Hand vor seiner Nase rumzuwedeln. „Ich dachte, das war Emma!“
„Spinnst du? Ich furz doch hier nicht rum!“, regte sich das Mädchen neben ihm sofort auf.

„Emma! Sprache!“, ermahnte Frau Molina. Dann musterte sie Alva. „Du verstehst wirklich ALLE Kaninchen.“ Doch diesmal klang es nicht nach einer Frage.
„Ja, natürlich, und die Insekten in ihrem Stroh auch“, antwortete Alva und atmete tief durch. Sie verknotete nervös die Finger hinter ihrem Rücken und erklärte: „Ich verstehe fast alle Tiere … immer … die ganze Zeit.“
„Das stelle ich mir aber ganz schön anstrengend vor“, sagte Frau Molina ruhig.
Und wie! Alva nickte aufgeregt. Erst jetzt fiel ihr auf, dass *keiner* sich lustig machte. Die Kinder starrten Alva an, als würde sie etwas ganz Tolles können. Sie schluckte und konnte es kaum fassen. Alle glaubten ihr!
Die Lehrerin nickte ihr aufmunternd zu und meinte: „Dann solltest du als Erstes lernen, wie du dein Talent auch mal abstellen kannst!“
Alva atmete erleichtert aus, löste ihre Finger voneinander und ließ ihre Arme locker baumeln. Genau deswegen war sie ja hier!
Frau Molina drehte sich zur Klasse um und erklärte: „Ihr macht zusammen weiter. Und Noah, hör endlich auf, das arme Kaninchen zu streicheln. Ich bringe Alva zu Doktor Rössner und bin gleich wieder da.“

KAPITEL 16

NICHT ZU DEN SINGENDEN SCHAFEN!

Zehn Minuten später war Alvas Erleichterung wie weggeblasen. Frau Molina hatte sie zu den Ställen geschleppt.

„Das da vorne ist Doktor Rössner, der kümmert sich hier um die Tiere“, erklärte ihr die Lehrerin. Nicht weit von ihnen stand ein großer, breitschultriger Mann. Er stützte sich auf einen Holzzaun und beobachtete gelassen ein kleines Reh, das unbeholfen durch das Gras stakste.

Alva hörte das Kitz leise motzen.

„Keine Flasche? Was soll ich denn hier? Ich will meine Flasche. Warme Milch ist lecker. Hier ist es kalt. Ich will sofort wieder rein! Kann ich meine Flasche haben?“

Als Alva und Frau Molina näher kamen, richtete Doktor Rössner sich auf und grüßte lässig: „Servus!“

Alva fielen seine Lachfältchen auf, die sich wie Sonnenstrahlen über sein braun gebranntes Gesicht ausbreiteten.

Frau Molina übernahm das Reden: „Hallo, Doktor Rössner. Das hier ist …“

Fanfarenartiger, mehrstimmiger Gesang von zwei großen Tieren übertönte die Stimme der Lehrerin.

„Ich hab Sonne auf dem Fell!“

„Ich auch! Iiiiiih aaaaaah, die Sonne ist so warm!“

„Ich hab eine Biene gesehen und ich hab Sonne auf dem Fell!“

„Ich auch! Iiiiih aaaaah …“

Erschrocken drehte sich Alva um und entdeckte ein Eselspaar, das auf der Weide neben ihnen stand. Fast automatisch fuhr Alvas Hand in ihre Hosentasche und tastete nach den Ohrstöpseln. Dabei stieß sie mit ihren

Fingerspitzen an die glatte Oberfläche des Flummis, den ihr Till geschenkt hatte. Sie zog die Hand zurück und versuchte, sich auf das Gespräch zu konzentrieren.

„… sie kann es nicht abstellen!“, endete Frau Molina.

Doktor Rössner warf Alva einen kurzen Seitenblick zu, bevor er fragte: „Und was ist der Plan?“

Gespannt spitzte Alva die Ohren, denn das wollte sie nur zu gerne wissen.

„Ich bin der Meinung …“, erklärte die Lehrerin.

„Haaaaahnentritt, Haaaahnentritt, Haaahnentritt!“

„Klee, Klee, Klee, oh ein Käfer, Klee, Klee, Klee!“

„Haaaaalm, Haaaaalm, Haaaaalm, Löwenzahn, Haaaaalm, Haaaalm!“

Es war zum Verrücktwerden! Alva wollte zuhören, doch jetzt kam auch noch die Schafherde über die Wiese gelärmt.

„Alva, was meinst du dazu?“, hörte sie plötzlich Frau Molina rufen. Der Tierarzt und die Lehrerin schauten sie erwartungsvoll an.

„Tut mir leid … ich hab irgendwie … nichts mitbekommen“, stammelte Alva. „Ich kann Sie zwischen den ganzen Tierstimmen kaum hören“, erklärte sie entschuldigend. Gleich würde es bestimmt Ärger geben.

Doch Frau Molina ging einfach nur einen Schritt auf Alva zu und zeichnete mit der Hand einen Kreis in die Luft.
„Wisch sie weg", sagte die Lehrerin mit eindringlicher Stimme.
„Aber wie denn?", fragte Alva verzweifelt.
„Allora, du musst dich konzentrieren", erklärte Frau Molina.
Zwei Fliegen brummten vorbei.

„Das Pferd hat geäppelt, nichts wie hin!"

„Nicht so laut, oder willst du gleich die ganze Verwandtschaft dort sitzen haben?"

„Auf was soll ich mich konzentrieren?", wollte Alva wissen. Sie musste sich anstrengen, um nicht zu schreien.
„Hmmm." Frau Molina legte den Kopf schief und dachte angestrengt nach. „Du musst es erspüren." Dabei rieb sie ihre Finger an ihrem Daumen, als wollte sie etwas Kleines, Dünnes ertasten. „Bei jedem funktioniert das etwas anders", erklärte die Lehrerin und fuhr fort: „Vielleicht hilft es, wenn du …"
Frau Molina sprach nicht weiter, sondern streckte beide Hände weit nach oben und rief ohne Vorwarnung: „Fooooookuuuuus." Dabei ließ sie ihre Arme in einem großen Kreis wieder sinken.

Alva traute ihren Augen kaum. Was war das denn für ein Gehampel? Aber immerhin stoppte Frau Molinas Darbietung kurz den Gesang der Schafe. Sie hörten auf zu grasen und hoben überrascht die Köpfe.

„Das ist aber mal ein großer Papagei!“

„Und der tanzt sehr schön!“

„Ja, aber er ist viel zu laut.“

Doch dann legten sie wieder los.

„Klee, Klee, Klee!“

„Huflaaaattich, Huflaaattich, Huflaaaattich!“

Frau Molina ließ sich nicht beirren.

„Probier das mal aus. Oder erfinde einen eigenen Tanz“, schlug sie Alva vor, nickte Herrn Rössner kurz zu und machte sich auf den Rückweg zur Schule.

Alva starrte ihr fassungslos hinterher. Wie sollte es ihr helfen, einen Papageientanz aufzuführen? Sie wollte nicht bei *Klee, Klee, Klee* bleiben. Und auf keinen Fall wollte sie sich hier zum Affen machen und *„Foooookuuus!“* tanzen! Genervt schüttelte Alva den Kopf. Sie würde es natürlich ausprobieren. Immerhin hatte sie sich geschworen, alles zu versuchen. Doch insgeheim hoffte sie, dass es einen weniger peinlichen Weg gab, die Stimmen zum Schweigen zu bringen.

KAPITEL 17

GESTATTEN, RODRIGO!

„Komm, ich zeig dir mal, wo du üben kannst", unterbrach Doktor Rössner Alvas düstere Gedanken. Er zwinkerte ihr zu und wandte sich zum Gehen.

„In einer schalldichten Gummizelle weit unter der Erde?", murrte Alva und folgte dem Tierarzt.

„Nicht ganz", erwiderte er lachend.

Gemeinsam gingen sie auf eine große, umzäunte Wiese hinter dem Stallgebäude, auf der unzählige Kaninchen

rumhoppelten. In der Mitte des Geheges stand ein kleines Stallhaus. Es war kaum höher, als Alva groß war.
„Du kannst auch Kaninchen hören?“, vergewisserte sich Doktor Rössner.
Alva nickte zustimmend.
Doktor Rössner musterte sie nachdenklich. „Hörst du eigentlich alle Tiere gleich laut?“, fragte er dann.
Alva wollte schon den Kopf schütteln, aber so genau hatte sie noch nie darüber nachgedacht. Plötzlich war sie sich nicht sicher. Deshalb horchte sie kurz auf das Stimmengewirr um sie herum.
Verrückt! Sie konnte eine winzige Ameise tatsächlich genauso gut hören wie die beiden Esel.
„Ja …“, antwortete sie zögerlich. „Es hört sich an, als würden die Esel, die Ameisen und die Kaninchen alle direkt neben mir stehen.“
„Keines der Tiere gibt einen Laut von sich“, entgegnete der Tierarzt.
„Trotzdem höre ich sie alle“, beteuerte Alva.
„Ich glaube dir das“, beeilte sich Doktor Rössner zu versichern. „Ich hab nur das Gefühl, dass du vielleicht eher ihre Gedanken hören kannst und nicht ihre Laute verstehst.“

Alva dachte nach. Das war gar nicht so unwahrscheinlich. Immerhin gab es schon einen Gedankenleser in ihrer Familie. Aber warum funktionierten dann die Ohrstöpsel? Egal! Eigentlich interessierte Alva nur eines: „Ändert das etwas an der Methode, mit der ich die Stimmen zum Schweigen bringen kann?", wollte sie von Doktor Rössner wissen.

Dieser kratzte sich am Ohr, während er überlegte.

„Es gibt eigentlich keine bestimmte Methode oder ein Rezept", entschied er dann.

„Echt jetzt?", rutschte es Alva raus.

„Das war nicht das, was du hören wolltest, oder?", hakte Doktor Rössner nach.

„Nein, gar nicht", stöhnte Alva ziemlich mutlos. Sie hatte auf klare Ansagen gehofft.

„Ein Talent zu steuern ist wie Fahrradfahren lernen. Klar kann dir jemand erklären, wie du lenkst, bremst und schneller fährst. Aber wie du die Balance hältst, das musst du selbst herausfinden."

Alva ahnte, was Doktor Rössner ihr sagen wollte.

Der Tierarzt fuhr fort: „Mit einem Talent ist es das Gleiche. Wie beim Balancehalten kann dir keiner genau sagen, wie es funktioniert."

„Und die Schule hilft mir dann später beim Bremsen, Lenken und Gasgeben?“, fasste Alva zusammen.
Doktor Rössner grinste. „Genau, und du lernst, dir und anderen nichts zu tun. Und, glaub mir, dafür ist diese Insel mit Sicherheit der beste Ort.“ Er lächelte und ließ seinen Blick kurz über die Weide schweifen.
Dann nickte er ihr aufmunternd zu. „Ich geh dann mal. Wenn du mich suchst, ich bin im Stall.“ Damit schlenderte er über die Wiese davon.

Als Alva allein war, schaute sie sich um. Die Weide lag so weit abseits, dass niemand sie beobachten konnte. Außer den Kaninchen, und die beachteten sie nicht.
„Na, wer von euch ist der Drückeberger, der heute nicht zum Unterricht gegangen ist?“, fragte sie leise. Doch natürlich antworteten die Kaninchen nicht.
Am liebsten hätte Alva sich jetzt auch gedrückt. Aber wenn es darum ging, die Tiere in ihrem Kopf zum Schweigen zu bringen, war sie fest entschlossen, alles zu probieren. Egal, wie peinlich es war.
Vorsichtig schaute sie sich noch einmal um. Nein, da war niemand. Zögerlich hob sie ihre Hände bis vor ihren Bauch. Schon jetzt kam sie sich total bescheuert vor.

Trotzdem flüstert sie „Foooookuuuuus“ und hob ihre Arme.
Kurz verharrte Alva in dieser Position und lauschte.
Keine Veränderung. Zu den Tierstimmen in ihrem Kopf hatte sich jetzt noch ihre eigene gesellt, und die fragte laut, ob sie eigentlich einen Knall hatte.
Trotzdem machte Alva weiter. Frau Molina war in die Knie gegangen. Alva wippte ein bisschen nach unten, während sie mit ihren Armen einen schönen großen Kreis umriss. Sie schloss die Augen, um sich besser konzentrieren zu können.
„Foooookuuuuus!“
Es änderte sich nichts. Die Stimmen blieben unverändert laut.

Als Alva die Lider wieder hob, blickte sie in zwei dunkle Knopfaugen direkt vor ihrem Gesicht.
Erschrocken wich sie zurück.
Auf dem Dach des Stallhäuschens, kaum eine Armlänge entfernt, saß eine echt große Krähe. Ein Auge ihr zugewandt, ruckelte der Vogel mit dem Kopf. Es wirkte, als würde er Alva beobachten. Wo war das Vieh plötzlich hergekommen? Und … wieso hatte sie es nicht gehört?

Ihr Herz machte einen Sprung. War es möglich, dass es ihr schon beim ersten Versuch gelungen war, die Stimmen auszuschalten?

Alva konzentrierte sich noch einmal ganz fest auf den Vogel. Im Hintergrund konnte sie die Kaninchen brabbeln hören, doch von dort, wo der Vogel saß, hörte sie nichts. Absolut gar nichts!

„Das funktioniert ja tatsächlich", murmelte Alva total überrascht.

„Falls du selten dämlich aussehen wolltest, geb ich dir hundert Punkte. DAS hat funktioniert", krächzte die Krähe auf einmal.

Enttäuscht atmete Alva aus. Das hatte sie laut und deutlich gehört. Doch im nächsten Moment zog sie verwundert die Augenbrauen zusammen. „Du verstehst mich?", fragte sie den Vogel verdattert.

„Du verstehst mich doch auch", gab die Krähe zurück.

Da konnte Alva ihr nur recht geben und fand es ziemlich erstaunlich, dass eine Unterhaltung mit einem Vogel nicht das Verrückteste war, was sie heute erlebt hatte.

„Hast du denn einen Namen?", fragte Alva weiter und erwartete eine Antwort wie *Vogel* oder *Krähe.*

Doch weit gefehlt.

„Rodrigo Ramírez González“, antwortete die Krähe.
„Oh, kommst du aus Spanien?“, riet Alva überrascht.
„Si y no. Soy de Barcelona“, antwortete der Vogel und stolzierte wie ein kleiner Matador auf dem Dach entlang.
„Oh, tut mir leid, ich spreche kein … Spanisch?“, entschuldigte sich Alva.
„Pequeño tonto! Ich komme aus Barcelona, das liegt in Spanien. Somit war das nicht ganz falsch“, antwortete die Krähe huldvoll nickend.
Alva wollte lieber nicht wissen, was *pequeño tonto* hieß, denn es klang nicht so nett. Stattdessen fragte sie: „Ramírez? Äh, nein Rodrigo Ramírez? González? Sag mal, sind das alles Vornamen?“
„Du darfst mich Rodrigo nennen“, erlaubte der Vogel großzügig.
„Oh, danke. Ich heiße Alva.“
Rodrigo hüpfte mit ein paar Hopsern die Dachschräge nach oben auf den Dachfirst und beobachtete sie von dort mit schräg gelegtem Kopf. ***„Muss ich mir das merken?“***

„Äääähm, nein, wenn du nicht magst", antwortete Alva.
„Bestens! Musst du nicht noch ein bisschen Fooookuuuus machen?", fragte Rodrigo und hüpfte mit gespreizten Flügeln auf dem Dachfirst hin und her.
Alva hatte das Gefühl, er äffte sie nach.
„NEIN. Muss ich nicht!" Wurde sie wirklich gerade von einer Krähe veräppelt?
„Was soll das Rumgehopse bringen?", wollte Rodrigo wissen, nachdem er seine kleine Showeinlage beendet hatte.
„Ich möchte lernen, keine Tiere mehr zu hören", fasste Alva zusammen.
„Oh, wirklich? Warum denn das?" Rodrigo musterte sie mit einem Knopfauge, bevor er erklärte: *„Ich liebe es, den Menschen zuzuhören. Die erzählen so viel Blödsinn."*
Dann stieß er ein lautes Krächzen aus und flog davon.
Während Alva ihm verwirrt nachschaute, überlegte sie, ob es auch Tiere mit seltsamen Talenten gab.

KAPITEL 18

WER ZIEHT UM?

Kurz nach Alvas Begegnung mit der frechen Krähe holte Frau Molina Alva von der Kaninchenwiese ab und begleitete sie in die Schule zur Besprechung eines Filmprojekts. Auf dem Weg dorthin erzählte die Lehrerin, dass einige Kinder jedes Jahr Kurzfilme drehten. Dazu bekamen die Teams sogar echte Filmkameras. In ein paar Wochen würde es eine gigantische Open-Air-Filmnacht geben, auf der alle Filme gezeigt wurden, und man durfte bis Mitternacht aufbleiben.

Alva hörte begeistert zu. Das klang ja richtig spannend!

Doch dann fiel ihr ein, dass sie zur Filmnacht gar nicht mehr auf der Schule sein würde.

Den Rest des Nachmittags verbrachte Alva damit, achtzehn Menschen aus einer Gondel zu retten. Theoretisch zumindest.
Ihr Lehrer Herr Hagenbusch hatte ein Seil von der höchsten Plattform im Schulgebäude bis zum UFO gespannt. Etwa in der Mitte hing eine kleine Modell-Gondel mit Figuren drin.
„Überlegt mal, wie wir die retten könnten", forderte Herr Hagenbusch die Kinder auf. Das Fach hieß „Angewandte Naturkunde". Alva hatte davon noch nie etwas gehört.
Zuerst notierten die Kinder ihre Ideen auf den Tablets. Schon nach kurzer Zeit ploppte ein Vorschlag nach dem anderen auf dem großen Smartboard, das am Gerüst der Plattform montiert war, auf.
Es schien kein Richtig oder Falsch zu geben.
Jede Idee wurde durchdacht, besprochen, berechnet und manchmal wieder verworfen. Alva sah zum ersten Mal einen elektronischen Schaltplan. Bekam eine ungefähre Vorstellung davon, wie Strom funktioniert. Sie lernte, wie man die Länge einer Rettungsleiter berechnen konnte, und

erfuhr, dass zwei der anderen Kinder das Talent hatten, Elektrizität herzustellen. Ein etwas älterer Junge warf mit Blitzen um sich. Er setzte damit allerdings die ganze Gondel unter Strom, was wenig hilfreich war. Trotzdem war Alva von seinem Talent maximal beeindruckt.
Ein Mädchen ungefähr in Alvas Alter rieb die Handflächen aneinander und erzeugte so Strom. Der Motor streikte weiterhin. Es war wohl eher ein technisches Problem.
Ein Junge behauptete, er könnte die Gondel durch reine Gedankenkraft weiterbewegen. Das funktionierte zumindest am Modell.
Mehrere Kinder wollten sich der Gondel als Flugtiere oder Hubschrauber nähern, was zu mehr Fragen und Problemen führte.
Am Ende der Stunde gab es ein paar Ideen und Talente, die es schafften, die Gondel wieder in Bewegung zu setzen. Alva war aufgefallen, dass Einfälle ohne Talente dabei genauso beachtet wurden wie der Einsatz eines ganzen Schwarms verwandelter Albatrosse.

Nach der letzten Unterrichtsstunde stand Alva vor der Empfangstheke im Sekretariat, um ihr Tablet abzuholen. Es war ein echt spannender Tag gewesen. Doch jetzt konnte sie es kaum erwarten, sich mit ihrem Buch an einen ruhigen Ort zu verkrümeln und zu lesen. Vielleicht würde sie auf die kleine Anhöhe gehen. Dort schien sicher noch die Sonne.

„Alva Schröder, Alva Schröder“, murmelte Herr Petrulla und holte Alvas Gedanken ins Sekretariat zurück, während er in einer Liste nach ihrem Namen suchte.

„Ah, da haben wir dich!“, meldete Herr Petrulla erfreut.

„Ich hol schnell dein Tablet aus dem Lager. Du kannst hier warten“, erklärte er und verließ den Raum.

Alva blieb an der Theke stehen und betrachtete das Smartboard mit den bunten Textfeldern an der Wand. Ihr Blick glitt über die langen Reihen von Ordnern im Regal. Im Nebenzimmer schrillte das Telefon. Alva zuckte zusammen und bemerkte erst jetzt, dass die Tür einen kleinen Spalt offen stand.

„Franzen“, hörte sie, wie sich der Direktor meldete. Er war da! Damit hatte sie überhaupt nicht gerechnet. In dem Büro war es so still gewesen.

„Nein, das ist keine Alternative!“, blaffte Direktor Franzen in diesem Moment jemanden an und klang sehr verärgert. Alva wusste, dass man nicht lauschen durfte. Doch was sollte sie machen? Sich die Ohren zuhalten?

„ZUM NÄCHSTEN ERSTEN? DAS SIND JA NUR NOCH ZEHN TAGE! JETZT HÖREN SIE MIR MAL ZU …“, dröhnte es aus dem Nebenzimmer.
Also das hätte Alva auch mit zugehaltenen Ohren gehört.
„Wir sind ein Internat! Glauben Sie ernsthaft, wir finden in so kurzer Zeit eine neue Schule und können mit fast zweihundert Schülerinnen und Schülern einfach umziehen?“
Alva blieb die Spucke weg. Die Schule sollte umziehen? Das war ja ein Ding!
Nebenan redete Direktor Franzen etwas leiser weiter: „Das war eine Schenkung von Graf Donatus von Donnersberg. Nein, ich habe die Urkunde nicht vorliegen, die ist doch bei Ihnen.“
Alva dachte an Malas Inselführung. Mala hatte recht gehabt, dieser Graf von Donnersberg geisterte wirklich überall rum.
„Was meinen Sie damit, wir stehen nicht im Grundbuch?“ Direktor Franzen klang nun verwirrt und verärgert gleichzeitig. „Ich gründe doch keine Schule auf fremdem Boden. Der Graf hat mir versichert, dass die Urkunde gut verwahrt sei. Ja, natürlich bei Ihnen! Wo denn sonst?“
Alva neigte sich nach vorne, um besser mithören zu können.

„Nein, kaufen ist keine Option! Woher sollen wir so viel Geld nehmen? Wir sind eine Schule und keine Piratenbande. Wir sitzen hier nicht auf gefüllten Schatzkisten!“

Leise kichernd stellte Alva sich den Direktor mit Augenklappe und gezücktem Krummsäbel vor, einen Fuß auf einer Schatzkiste. Nein, er war wohl eher nicht der Typ Piratenkönig.

Inzwischen ging das Telefonat weiter. „Ja, ich weiß, dann brauchen wir die Urkunde oder die aberwitzige Summe von …“

Alva zuckte zusammen, als die Flurtür aufgerissen wurde. Herr Petrulla kam mit Tablet und Ladegerät in der Hand zurück. Als er um Alva herum auf die andere Seite des Raumes ging, schloss er leise die offene Bürotür. Das Gespräch dahinter wurde zu einem leisen Gemurmel.

Dann legte Herr Petrulla das Tablet auf die Theke.

„Das ist jetzt deins“, erklärte er. „Hüte es wie deinen Augapfel und beschütze es mit deinem Leben!“

Alva musterte ihn verwirrt. Meinte er das ernst?

Herr Petrulla meinte es todernst.

„Dieses Tablet darf nicht mit unter die Dusche und es kann auch nicht schwimmen. Es kann kein Popcorn herstellen, also gibt es keinen Grund, es in die Mikrowelle zu legen. Und du wirst es nie … unter keinen Umständen … JEMALS als Frisbee oder Schlagwaffe benutzen", erklärte er eindringlich und schaute sie drohend an.
Alva nickte und fragte sich insgeheim, ob er glaubte, sie hätte noch nie ein Tablet in der Hand gehabt.
Die weitere Übergabezeremonie wurde von einem lauten Klopfen unterbrochen. Herr Petrulla verdrehte genervt die Augen, bevor er „Herein" rief. Ein großer, schlaksiger Junge mit braunem Wuschelhaar kam ins Sekretariat.
„Ach, nein, welch seltener Gast! Der Herr Appelt beehrt uns … schon wieder", begrüßte ihn Herr Petrulla und lächelte säuerlich.
„Hallo", antwortete der Junge kleinlaut.
„Na, Elwin, hast du etwa was ausgefressen?", erkundigte sich Herr Petrulla übertrieben freundlich und mit hochgezogener Augenbraue.
Elwin! Das war der Junge, der sich in einen tonnenschweren Drachen verwandeln konnte!
„Ich soll mich bei Direktor Franzen melden", murmelte Elwin, ohne genauer auf den Grund einzugehen.

„Ah, ja. Schön, wenn die Dinge so vorhersehbar sind“, bemerkte der Schulsekretär. „Einen Moment bitte!“, entschuldigte er sich bei Alva und verschwand im Büro des Schulleiters.

Alva versuchte, Elwin nicht anzustarren. Erfolglos. Sie bemerkte, dass er sie auch musterte, und wurde rot.

„Du bist neu?“, fragte Elwin auf einmal.

Mehr als ein Nicken brachte Alva nicht zustande.

„Wirst du es auch mit deinem Leben verteidigen?“

Elwin konnte die Stimme von Herrn Petrulla ziemlich gut nachmachen. Alva verkniff sich mühsam ein Lachen, da Herr Petrulla in diesem Moment zurückkam.

„Elwin, Direktor Franzen braucht noch etwas Zeit. Du sollst solange Alva die Handhabung ihres Tablets erklären. Ihr könnt runter in die Halle gehen. Ich hol dich dann.“

„Ja, klar“, stimmte Elwin zu.

Und auch Alva nickte begeistert. Elwin konnte ihr das bestimmt besser erklären als Herr-„Dein Tablet ist keine Popcorn-Maschine“-Petrulla.

KAPITEL 19

PFUI, SPINNE!

„Ist der immer so?“, fragte Alva, als sie sich in der Eingangshalle in einen Sitzsack fallen ließ.

„Petrulla? Der hat doch ein Rad ab. Führt sich auf wie der oberste Hüter von Recht und Ordnung. Auf der Liste der spaßlosesten Menschen der Welt steht er ganz klar auf Platz zwei!“, sagte Elwin und streckte die Hand nach Alvas Tablet aus.

„Und wer liegt auf Platz eins?“, fragte Alva und gab ihm das Gerät.

„Direktor Franzen! Der ist echt die Pest. Total spießig und

ein riesiger Schisser!“, brummte Elwin und drückte auf einen Knopf seitlich am Gerät.
„Warum?“, hakte Alva nach. Sicher war Direktor Franzen nicht der Scherzkeks Numero uno, aber das hörte sich extrem vernichtend an.
„Bloß nicht auffallen, immer schön leise, alles geheim halten“, nörgelte Elwin und überreichte Alva das leuchtende Tablet.
Alva wurde nachdenklich. „Aber doch nur, weil es zu gefährlich ist, wenn andere von unseren Talenten erfahren, oder?“
„Ja, das behauptet er. Was soll denn passieren? Ich kann Feuer spucken. Die sollten eher mich fürchten“, ereiferte er sich.
Alva fiel dazu keine passende Antwort ein. Eigentlich wollte sie nicht, dass sich irgendjemand vor ihr fürchten musste. Sie senkte den Blick und tippte auf den Bildschirm, um sich anzumelden. Während ihr Elwin erklärte, wie man sich seine Schulwoche aus den angebotenen Kursen zusammenstellte, überlegte sie jedoch, ob er nicht mit einer Sache recht hatte. Mit ihren Talenten könnten sie wahrscheinlich unheimlich tolle Dinge bewirken.

„Du würdest also lieber andere Sachen lernen?", fragte sie ihn, nachdem sie mit der Einführung fertig waren.

„Wir sollten vor allem nicht wie seltsame Spinner hinter einer Nebelwand versteckt werden", wich Elwin ihrer Frage aus. Seine dunkelbraunen Augen musterten sie eindringlich.

Alva verlagerte ihr Gewicht und kratzte sich nachdenklich hinterm Ohr. Den Punkt konnte sie gut verstehen. Sie wollte schließlich auch einfach nur ganz normal sein.

„Sondern?", fragte sie nach.

„Für mich wäre es kein Problem, der Welt zu zeigen, was ich draufhabe!"

Alva dachte kurz darüber nach, was passieren würde, wenn Elwin als feuerspeiender Riesendrache über einer Stadt auftauchte. „Und du hast keine Angst, dass sie dich … einsperren?", fragte sie ihn.

„Dazu müssten sie mich erst mal ein*fangen*", meinte er und verschwand plötzlich vor ihren Augen.

Oh, noch so einer. In Erwartung eines Mini-Elwins schaute sie auf seinen Sitzsack. Doch der war leer.

„Du suchst an der falschen Stelle!", hörte sie seine Stimme hinter sich und fuhr herum. Elwin saß auf der untersten Treppenstufe und grinste sie an.

„Hey, wie ging das denn?“, fragte sie. Konnte er sich etwa verwandeln UND teleportieren?
„Keiner bemerkt eine Mücke, die davonfliegt!“, antwortete er lachend. Dann wurde seine Haut auf einmal seltsam grau.
„Alles in Ordnung?“, fragte Alva besorgt. Elwin sah gar nicht gesund aus und reagierte auch nicht auf ihre Frage. Sekunden später war er so dunkel, als wäre er mit schwarzer Tinte übergossen worden. Seine Gestalt verschwamm weiter, er zerfloss vor ihren Augen zu einer runden Kugel so groß wie ein Hüpfball.
Plötzlich ploppten lange, haarige Beine aus seinem Körper. Das kugelige Etwas erhob sich federnd und formte sich zu einer Spinne von der Größe eines Autos.
Die Riesenspinne machte einen Schritt auf Alva zu.
„Ihhh, Elwin, lass das. Ich steh nicht auf Horrorfilme!“, rief Alva und sprang angeekelt auf.
Doch Elwin schien sie nicht zu hören oder hören zu wollen. Die Spinne krabbelte weiter auf sie zu.
Mit einem gellenden Schrei flüchtete Alva zur Tür. Ihr Herz raste wie verrückt.
„Hey, entspann dich, alles in Ordnung!“, hörte sie Elwins Stimme hinter sich.

SCHOOL
OF
TALENTS

Wie sollte sie sich entspannen, während er hier Geisterbahn de luxe mit ihr spielte?

„Was ist da unten los?“, tönte plötzlich Herrn Petrullas Stimme von der Galerie runter in die Eingangshalle.

Gerettet! Alva atmete erleichtert auf.

„Nichts, Alva hat sich nur vor einer Spinne erschreckt“, antwortete Elwin.

Es kostete Alva große Überwindung, sich umzudrehen. Ihre Knie schlotterten unter ihr und sie hatte Sorge, einzuknicken.

Elwin stand direkt hinter ihr. Er war zurückverwandelt und sah sie zerknirscht an.

„Geht's wieder?“, fragte er sie besorgt.

Doch Alva nahm ihm den Ton nicht ab. Sonst hätte er gleich aufgehört, als er merkte, dass sie sich fürchtete. Sie nickte ihm nur zu und ging mit wackeligen Knien zu den Sitzsäcken. Dort schnappte sie ihre Tasche und packte mit zittrigen Händen das Tablet ein.

„Alva?“, fragte Herr Petrulla von oben.

Sie hob den Kopf.

„Ist wirklich alles in Ordnung?“

„Ja, ja“, antwortete Alva schnell. Sie wollte einfach nur weg.

„Elwin, du kannst jetzt zu Direktor Franzen", sagte Herr Petrulla.

„Tschau, man sieht sich", verabschiedete sich Elwin lächelnd, ging die Treppe nach oben und verschwand zusammen mit Herrn Petrulla im Sekretariat.

KAPITEL 20

ES RAUCHT, ES FAUCHT UND KEINEN STÖRT'S

Kaum war Elwin verschwunden, rannte Alva nach draußen. Grollende Wut türmte sich in ihr auf. Schade, dass *sie* ihre Gestalt nicht ändern konnte. Sie würde sich in eine riesige Insektenklatsche verwandeln und dem Vollpfosten Elwin so richtig einheizen.
Sogar das Wetter passte sich ihrer Laune an. Wo vorhin noch die Sonne geschienen hatte, ballten sich nun dicke, bedrohliche Gewitterwolken zusammen.

Alva wollte so schnell wie möglich in ihr Zimmer rennen, sich die Decke über den Kopf ziehen und hoffen, dass dieser Tag endlich zu Ende ging.
Auf dem Weg zum Wohnheim entdeckte sie Till. Er saß auf der Rückenlehne einer Parkbank und übte eine sehr kompliziert aussehende Figur mit seinem Jo-Jo.
Obwohl Alva Till wirklich nett fand, hatte sie gerade keine Lust auf andere. Doch als sie die Richtung wechseln wollte, um ihm aus dem Weg zu gehen, sah er von seinem Jo-Jo auf und lächelte sie an.
„Hey Alva! Wo kommst du denn her?“, wollte er wissen.
„Ich habe mein Tablet von Herrn Petrulla abgeholt“, murmelte Alva und klopfte auf ihre Tasche.
„Aaaaah! Es kann weder fliegen noch schwimmen“, sagte Till lachend. Dann spannte er die Jo-Jo-Schnur zwischen seinen Fingern und ließ das Spielzeug hin- und herrollen.
Gegen ihren Willen musste Alva lächeln. „Genau“, stimmte sie nickend zu und deutete auf eine dicke Wolke am Himmel. „Aber so wie es aussieht, könnte das mit dem Schwimmen gleich wichtig werden.“
Till schaute ihrem Finger hinterher an den Himmel. „Keine Sorge, das ist nur Mala. Die gießt den Schulgarten“, erklärte er dann.

„Wow! Wie groß ist der denn?“, fragte Alva und betrachtete die sich auftürmende Wolkenwand.
„Sie liebt es dramatisch“, meinte Till schulterzuckend.
Alva rollte die Augen. „Ja, das gibt es hier wohl öfter.“
Till musterte sie fragend.
Alva seufzte und begann: „Elwin …“
Kaum hatte sie den Namen ausgesprochen, schnaubte Till verächtlich. „Was war er? Monsterkrake? Flugechse? Gigantische Gottesanbeterin?“
„Riesenspinne“, antwortete Alva und fand, dass sie angesichts der Auswahl eigentlich noch Glück gehabt hatte.
„Wenn Dummheit fliegen könnte, wär der Typ ein Satellit“, murrte Till kopfschüttelnd und ließ das Jo-Jo so heftig kreisen, dass Alva einen Schritt zur Seite gehen musste. Von einem Spielzeug erlegt zu werden wäre das Sahnehäubchen auf ihrem heutigen Tag.
„Er ist der Meinung, wir wären eingesperrt wie Spinner“, sagte Alva. Ein Blitz fuhr mit hellem Krachen aus der Wolke. Sie zuckte zusammen.
„Wir SIND Spinner! Manche weniger, und er da drüben mehr“, sagte Till und deutete mit dem Kopf auf Jonas, der gerade den Weg entlanggehumpelt kam. „Na, wo haben

wir uns heute runtergeworfen?", erkundigte Till sich bei seinem Freund, als der sich stöhnend neben ihn auf die Bank setzte.

Jonas rieb sich den deutlich geröteten Ellbogen. „Keine Sorge, war alles ganz sicher. Ich bin von der Plattform ins Netz gesprungen … aber leider nicht geflogen."

„Die Plattform in der Schule?", fragte Alva fassungslos. Da konnte er auch gleich aus dem ersten Stock springen.

Jonas nickte.

„Und das alles nur, um fliegen zu lernen?", wollte Alva wissen.

„NUR, UM FLIEGEN ZU LERNEN?", wiederholte Jonas etwas zu laut. Er warf Alva einen verständnislosen Blick zu. „Weißt du, wie cool das wäre?!"

Alva zuckte mit den Schultern. „Na ja, vielleicht", lenkte sie nicht wirklich überzeugt ein.

Jonas deutete auf den Wolkenbruch, der ein Stück entfernt über dem Schulgarten niederging. „Mala übertreibt es mal wieder ein bisschen, oder?"

„Ach, wirklich, nur sie?", hakte Alva genervt nach. Sie verstand nicht, warum alle so taten, als wären Talente ein riesiger Spaß. „Hier übertreiben doch ALLE ein bisschen, oder? Ich habe heute ein Känguru Fußball spielen sehen."

Jonas grinste. „Grober Regelverstoß! Dafür gibt es die rote Karte", kommentierte er und bewegte mit schmerzverzerrtem Gesicht seine Schulter.
„Na super", schnaubte Alva genervt. „Und was gibt es für diesen giftig aussehenden, grün-gelben Rauch da hinten?", fragte sie aufgebracht.
„Das könnte auch ein missglückter Chemieversuch sein. Der Lehrer ist echt … speziell", erklärte Till.
Sollte das Alva etwa beruhigen? Es verstärkte eher ihre Wut. Sie zeigte in den Himmel.
„Ich sehe da zwei Fahrräder", sagte sie gefährlich ruhig, „aber sie fahren nicht auf der Erde. NEIN! Sie fliegen durch die Luft. Sitzt auf dem einen etwa auch noch jemand drauf?" Alva wurde immer lauter.
„Jooo! Sabita! Reife Leistung!", brüllte Jonas anerkennend nach oben und streckte dem Mädchen auf dem Fahrrad einen erhobenen Daumen entgegen.
Alva warf verzweifelt die Hände in die Luft. „Ach, kommt schon! Ihr findet das alles hier nicht total verrückt? An der Außenwand der Turnhalle geht ein Schüler spazieren. Einfach so! Die da drüben, ich glaub es nicht, bewerfen sich mit Feuerbällen! Und wenn ich dieses Fauchen richtig deute, würde ich mal sagen, es ist mindestens ein Löwe

auf der Insel." Alva schüttelte den Kopf. Niemand war hier normal! Wie sollte sie es dann werden?
In diesem Moment kam Mala den Weg vom Schulgarten entlang und winkte ihnen zu. Ihr Haar war klatschnass. Nicht mal der Garten wurde hier normal gegossen, dachte Alva.
„Na? Worüber unterhaltet ihr euch?", fragte Mala, als sie neben Alva angekommen war.
„Alva ist es hier zu schräg", sagte Till und ließ sein Jo-Jo neben der Bank kreisen.
„Nicht unbedingt schräg", widersprach Alva. Wie konnte sie nur erklären, was sie meinte? Hilfe suchend schaute sie sich um und entdeckte ein Stück weiter einen Jungen, dem ein langer Holzstab im Rücken steckte. Der Stab war so lang, dass er ihn einfach hinter sich herzog.
„Der da zum Beispiel", sagte Alva und deutete auf den Jungen. „Ist er ein gepfählter Vampir, oder findet ihr es wirklich normal, dass hier ein Junge am Stiel rumläuft?"
„Oh, Mist, das ist Paul", stellte Mala fest und rannte los.
„Gepfählter Vampir? Echt jetzt?", fragte Jonas.
„Ja, warum denn nicht? Hier muss man doch mit allem rechnen!", verteidigte sich Alva aufgebracht und starrte Jonas wütend an.

„Ich glaube, mein bleicher, aber sonnenbeständiger Freund möchte nur klarstellen, dass es einen gewaltigen Unterschied zwischen erfundenen Sagenmonstern und uns gibt“, erklärte Till beschwichtigend.

Alva schaute rüber zu Mala. Die war inzwischen bei Paul angekommen und zog ihm den Holzstab vom Rücken. Entgegen Alvas Erwartung spritzte kein Blut und der Stab entpuppte sich als Gartenrechen.

„Paul ist magnetisch. Der zieht alles an, was aus Eisen ist“, erklärte Till. „Und außerdem ist er so verspult, dass er nie merkt, wenn er mal wieder irgendwas hinter sich herschleift!“

Mala unterhielt sich kurz mit Paul. Dann nahm der den Rechen und ging den Weg zum Schulgarten zurück.

Alva schüttelte den Kopf und unternahm einen letzten Versuch, ihre Wut zu erklären: „Genau das meine ich. Keiner hier arbeitet daran, sein Talent zu unterdrücken … oder es loszuwerden!“ Sie verschränkte die Arme vor der Brust.

„Warum willst du es denn loswerden?“, fragte Jonas. „Es verschwindet doch irgendwann sowieso von ganz allein.“

Zwar hatte Onkel Thomas ihr auch davon erzählt, dass die meisten Menschen ihre Fähigkeiten verloren, wenn sie erwachsen wurden. Aber eben nur die meisten. Und da ihr Onkel sein Talent immer noch hatte, befürchtete Alva, dass es bei ihr genauso sein würde. Sie spürte, wie ihre Wut verpuffte. Stattdessen fühlte sie sich plötzlich unendlich einsam.

„Stört es euch denn überhaupt nicht?", fragte sie leise und musterte die anderen.

„Was stört uns nicht?", fragte Mala, die gerade wieder dazukam.

„Dein Talent. Möchtest du es loswerden?", erklärte Jonas.

„Ich? Niemals! Ich hoffe total, dass ich zu den paar Prozent gehöre, die es behalten", antwortete Mala, ohne auch nur eine Sekunde nachdenken zu müssen.

„Hmm … mich nervt eigentlich nur, dass ich manchmal unkontrolliert schrumpfe", sagte Till.

„Und du dann auch tagelang klein bleibst", ergänzte Mala.

„Ja, aber hier auf Nebelfels muss ich mich dann nicht verstecken. Niemand wundert sich darüber, dass ich nur ein paar Zentimeter groß bin", erklärte Till und wickelte die Schnur seines Jo-Jos wieder auf.

„Stimmt! Auf dieser Insel ist es viel einfacher, anders zu

sein. Hier findet uns keiner MERKWÜRDIG", stimmte Mala zu.
Alva war ein bisschen neidisch. Auch sie hätte gerne das Gefühl gehabt, hierher zu gehören. Aber für sie hatte der heutige Tag nur bestätigt, was sie befürchtet hatte: Diese Insel war für sie einfach nur die unheimliche Schule von ihrem gruseligen Onkel. Sollten die anderen doch ihre Talente üben, so viel sie wollten. Alva würde ihres abschalten und dann ganz schnell wieder verschwinden.
Trotzig erwiderte sie: „Wahrscheinlich wird die Schule ja eh nicht mehr lange hier sein."
„Was?", rief Mala.
„Hä? Wieso?", fragte Jonas, während er sich nervös durchs Haar fuhr.
„Was meinst du?", wollte Till wissen und musterte Alva alarmiert.
Also erzählte Alva von dem Telefonat, das sie belauscht hatte.
„Bist du dir da ganz sicher?", fragte Jonas. Er sah aus, als würde er ihr kein Wort glauben.
Alva überlegte kurz und begann langsam zu nicken.
Mala pflichtete ihr bei. „Weißt du noch, die Landvermesser, die Frau Tinerius zur Schnecke gemacht

hat?", erinnerte sie sich. „Das war schon ziemlich merkwürdig."

Jonas und Mala schauten sich erschrocken an. Nur Till reagierte nicht. Er spielte die ganze Zeit schweigend mit seinem Jo-Jo.

„Was war das eigentlich für ein Graf, der die Insel verschenkt hat – oder auch nicht?", fragte Alva in die Stille hinein.

„Graf von Donnersberg?" Mala zuckte mit den Schultern. „Eigentlich weiß niemand wirklich was über ihn. Er hat früher hier gewohnt und war total verrückt. Keiner durfte die Insel betreten …"

„Niemand *wollte* die Insel betreten. Die Leute dachten, es spukt hier", unterbrach Jonas.

„Tut es ja irgendwie auch heute noch", murmelte Alva.

„Hey, tut es gar nicht", beschwerte sich Mala und Jonas warf Alva einen stinkigen Blick zu.

„Für normale Menschen könnte es aber schon so wirken", behauptete Alva trotzig.

Da fing Till sein Jo-Jo auf. „Wir sind aber keine normalen Menschen und deshalb brauchen wir diese Schule", erklärte er und musterte Alva eindringlich, bevor er fragte: „Glaubst du wirklich, dass die Insel verkauft wird?"

Tills direkter Blick war nicht unfreundlich, aber er machte Alva trotzdem nervös. Auch Jonas und Mala sahen sie jetzt an. „Also … ich meine … vielleicht ging es auch um etwas ganz anderes“, stammelte sie unsicher.

Mala atmete erleichtert auf. „Man darf doch nicht einfach eine Schule schließen, oder? Da gibt es doch sicher ein Gesetz dagegen!“

Jonas nickte heftig. „Ja, genau, und Direktor Franzen würde das auch nie zulassen.“

Mala grummelte zustimmend, atmete erleichtert aus und wechselte das Thema: „Und jetzt erzähl mal, warum tut deine Schulter weh?“

Eine lebhafte Diskussion über Jonas’ spektakulären Sprung ins Netz begann. Auch Till schaltete sich ein.

Alva schaute nachdenklich in die Runde. Sie wusste, was sie gehört hatte. Doch Mala und Jonas waren sich so sicher. Vielleicht hatte sie sich ja getäuscht.

KAPITEL 21

FOOOOOOKUS! ABER AUF WAS?

„Herr Doktor Rössner?", rief Alva, als sie ein paar Tage später in den Stall kam. Sie war wild entschlossen, die Tierstimmen heute zum Schweigen zu bringen. Sie wollte endlich wieder nach Hause. Seit dem Tag der Riesenspinne hatte sie wie verrückt trainiert, leider jedoch ohne Erfolg. „Hier hinten in der Futterkammer", antwortete Doktor Rössner. Alva konnte ihn sogar vor sich hin pfeifen hören. Die fiependen Stimmen der Mäuse, das hohe Geschrei der Milben und Stallfliegen und zufriedene Brummen der Schwarzkäfer ließen sich heute relativ gut aushalten.

„Hallo!“, begrüßte Doktor Rössner Alva. „Schon Erfolg gehabt?“

„Nö! Ich hör sie noch! Alle!“, seufzte Alva.

„Also mir hat es immer geholfen, wenn ich mich total auf eine Arbeit konzentriert habe“, erklärte Doktor Rössner.

Alva überlegte, auf was sie sich konzentrieren könnte.

Dann erst fiel es ihr auf …

„Ihnen hat geholfen?“, wiederholte sie ungläubig.

Doktor Rössner nickte.

„Sie sind einer von uns?“

„Ich war es zumindest. Gehört man noch dazu, wenn man sein Talent verloren hat?“, fragte er und sah dabei aus, als würde er es vermissen.

„Ich weiß es nicht. Sie haben Tiere gehört?“, hakte Alva nach.

„Ja, ein paar. Aber nicht so viele wie du. Und auch nicht dauerhaft. Ich musste mich eher anstrengen, sie zu verstehen“, erklärte er und Alva überlegte, ob er deshalb Tierarzt geworden war.

„Sie haben Ihr Talent trainiert … um Tiere zu hören?“, vergewisserte sich Alva.

„Ja, so wie ich versucht habe, die Stimmen lauter zu bekommen, möchtest du sie leiser haben", meinte er. „Ist wie Lautstärke hoch- oder runterdrehen."

„Vielleicht", räumte Alva zögerlich ein. Sie hatte Angst, die Einzige zu sein, die nie lernte, ihr Talent zu steuern.

„Falls du meine Methode ausprobieren magst, könntest du die Kaninchenställe ausmisten", schlug Doktor Rössner vor und zwinkerte ihr zu.

Alva lachte trocken. „Und wenn es nicht funktioniert, habe ich zumindest was Sinnvolles gemacht", sagte sie. Sie schnappte sich eine Schubkarre und ging zur Kaninchenwiese.

Dort war es tierisch laut. Alva biss angestrengt die Zähne zusammen. Sie war ganz kurz davor, die Ohrstöpsel aus ihrer Hosentasche zu kramen. Natürlich war das keine Lösung. Aber es wäre so einfach.

Sie atmete tief durch. Nicht aufgeben! Fokus! Sie würde das ohne Ohrstöpsel schaffen. Vielleicht verschwinden zumindest ein paar Stimmen, wenn ich mich auf nur eine konzentriere, dachte sie.

Anstatt wie sonst zu versuchen, alle Stimmen zu verdrängen, durchforstete sie mit geschlossenen Augen den Klangsalat. Sie probierte, die Gesprächsfetzen um sich herum bestimmten Tieren zuzuordnen. Doch alle redeten so laut durcheinander, dass dies fast unmöglich war. Trotzdem bemerkte sie plötzlich ein seltsames Rascheln. Kaum hörbar … aber jemand pirschte sich an. Total leise. Erschrocken fiel Alva das Löwengebrüll ein und sie riss die Augen auf.

„Du kannst im Stehen schlafen?“, fragte die Krähe, die durch das Gras auf sie zugeschlichen war.

„Rodrigo!“, rief Alva erleichtert und atmete hörbar aus.

„Wen hast du erwartet? Das alles verrotzende Schleimmonster? Wird heute nicht getanzt?“, fragte die Krähe, spreizte die Flügel und hüpfte aufgeregt herum.

„NEIN!“, wies ihn Alva zurecht. „Heute versuche ich es mal mit Ställe ausmisten.“

„Na, das hilft dann zumindest dem, der es sonst machen sollte“, sagte Rodrigo und flog auf das Dach des Kaninchenstalls.

Alva beachtete ihn nicht weiter. Sie öffnete die Luke und schaufelte die Streu in die Schubkarre neben sich.

„Und, hörst du mich noch?“, fragte der Vogel.

Alva warf ihm einen genervten Blick zu und brummte: „Ja! Dich und zehntausend andere.“ Sie versuchte angestrengt, sich auf etwas anderes zu konzentrieren.

Zählte jede ihrer Schaufelbewegungen und ignorierte die Fragen, mit denen die Krähe sie bombardierte.
Als Alva nicht mehr antwortete, schrie Rodrigo plötzlich:
„Das Tierreich an den Menschen! Das Tierreich an den Menschen! Haben wir noch Kontakt?“
Alva gab auf. Es war aussichtslos. Sie war einfach zu blöd. Und was machte das Ganze schon für einen Sinn?, dachte sie trotzig. In wenigen Tagen war sie sowieso wieder zu Hause. Ob mit oder ohne Tierstimmen.
Sie kramte ihre Ohrstöpsel aus der Hosentasche.
„Was machst du jetzt?“, wollte Rodrigo wissen. Er stolzierte auf den Dachfirst und beobachtete sie genau.
„Ohrstöpsel“, murmelte Alva.
„Du schummelst?“, fragte Rodrigo.
„Ich hatte es mir nicht so schwer vorgestellt“, gab Alva kleinlaut zu. Und um sich weitere Kommentare zu ersparen, steckte sie sich schnell die Stöpsel in die Ohren. Sofort wurde es ruhig, doch Alva spürte nicht die gleiche Erleichterung wie sonst. Es fühlte sich zu sehr nach einer Niederlage an. Und das Gefühl verstärkte sich noch, als sie sah, wie Rodrigo wegflog.

KAPITEL 22

MALA WIRD FEUERWEHRFRAU

In Alvas zweiter Schulwoche stand ein neues Fach auf der Anzeigetafel. *Talent-Talk bei Frau Tinerius.* Kurz vor dem Schulgebäude traf Alva Mala, die auch auf dem Weg dorthin war.

„Was ist das eigentlich? Ein *Talent-Talk*?“, fragte Alva sie, während die Mädchen ihre Schuhe auszogen und in das Regal räumten. Dann folgte sie Mala über die breite Treppe nach oben.

„Frau Tinerius stellt komische Fragen über unsere Talente“, erklärte Mala und Alva war kein bisschen schlauer.

Sie kamen auf der obersten Plattform an. Alva schaute über das Geländer der großen Fläche und entdeckte weit unten das Netz, in das Jonas letzte Woche gesprungen war. Mut hatte er ja schon. Um nichts auf der Welt hätte Alva das gewagt.

Überall auf der Plattform lagen bunte Sitzbälle. Auf der Jagd nach einem tollen roten Ball stand Alva plötzlich vor Elwin. Sie stockte in ihrer Bewegung.

„Hi“, grüßte er sie freundlich.

„Hallo“, nuschelte Alva, schnappte sich den nächstbesten Ball und rollte ihn neben Mala.

Ein paar Tage zuvor hatte Elwin sie an der Mensa abgefangen und sich bei ihr für den Spinnenvorfall entschuldigt. Er hatte behauptet, dass er sie nicht erschrecken wollte. Alva fragte sich zwar, welche Reaktion er auf eine zwei Meter große Spinne erwartet hatte. Doch sie hatte ihren Mund gehalten, stumm genickt und war froh gewesen, als er weitergegangen war.

Jetzt kugelte er seinen Ball direkt neben ihren. Alva rollte unauffällig ein Stück näher zu Mala.

Frau Tinerius stand schon an das Geländer gelehnt vor den Kindern, tippte aber noch auf ihrem Tablet herum. Erwartungsvolle Ruhe breitete sich auf der Plattform aus. Gespräche und Gelächter drangen aus der Halle hoch zu ihnen. Irgendwo weiter unten wurde geklatscht, Glas schepperte, gedämpfte Musik war zu hören. Die helle Stimme von Frau Molina stach erkennbar heraus.

„Sollten wir unsere Talente bekannt machen?“, fragte Frau Tinerius plötzlich, stieß sich vom Geländer ab und ging außerhalb des Sitzkreises entlang.

„Ja, auf jeden Fall“, antwortete Elwin schnell.

„Und dann?“, fragte ein Mädchen mit einer blauen Brille.

„Man könnte den Menschen helfen“, schlug Elwin vor.

„Wie?“, fragte Frau Tinerius. Ihr Blick wanderte langsam von einem Kind zum nächsten.

„Mala könnte Brände löschen“, meldete sich ein Junge.

Frau Tinerius durchkreuzte mit schnellen Schritten den Kreis und schoss direkt auf Mala zu. Alva wäre vor Schreck fast von ihrem Ball gefallen.

„Würdest du das machen?“, fragte Frau Tinerius und zeigte mit dem Zeigefinger auf Mala.

„Ich weiß gar nicht, ob ich das kann“, sagte Mala, nachdem sie kurz nachgedacht hatte.

Die Lehrerin ging gedankenversunken im Kreis hin und her. Dann hob sie den Kopf und sagte: „Wir bilden dich zur Feuerwehrfrau aus. Vergiss die Schule, du musst den ganzen Tag üben. Wenn jeder dein Talent kennt, werden dich alle fragen. Waldbrände in Australien, Chemieunglück, das brennende Mehrfamilienhaus. Kein Druck, aber da kommt jede Menge Arbeit auf dich zu."

Alva verstand nur die Hälfte von dem, was Frau Tinerius sagte, trotzdem hatte sie plötzlich ein deutliches Bild vor Augen. Mala hätte nicht mehr viel Zeit für sich, wenn ihr Talent bekannt werden würde.

„Sicher ist es auch kein Problem, dich zu entscheiden, ob du die armen Tiere im australischen Busch rettest oder ein brennendes Mehrfamilienhaus in Wanne-Eickel", behauptete Frau Tinerius. Dann drehte sie sich schnell zu Elwin um. „Oder wir lassen das Elwin entscheiden. Los, Elwin, sag, wen soll sie retten?" Die Lehrerin durchbohrte den Jungen fast mit ihrem Blick.

Doch Elwin ließ sich nicht aus der Ruhe bringen. „Kommt drauf an. Wer zahlt besser?", fragte er.

Lautes Gemurmel erhob sich auf seine Frage

„Ah, dir schwebt da ein Geschäftsmodell vor", stellte Frau Tinerius fest.

„Da ist überhaupt nichts dabei!“, verteidigte sich Elwin. „Fußballer werden auch für ihr Talent bezahlt.“
„Netter Gedanke, nur sterben bei einem Fußballspiel keine Menschen“, regte sich das Mädchen mit dem blauen Brillengestell auf.
„Gutes Argument, Lola“, lobte Frau Tinerius. „Andere Frage: Solltet ihr euch für euer Talent bezahlen lassen?“
Eine wilde Diskussion begann. Frau Tinerius achtete nur darauf, dass alle zu Wort kamen. Ihre Meinung behielt sie für sich.
„Was ihr bislang noch nicht bedacht habt: Möchte Mala überhaupt Feuerwehrfrau werden? Und du, Elwin, möchtest du im Naturhistorischen Museum zeigen, wie ein echter Dinosaurier ausgesehen haben könnte?“, fragte Frau Tinerius. Sie ging wieder zurück, lehnte sich an das Geländer und ließ die Kinder weiter diskutieren.
Alva hörte mal hier zu und mal da. Sie hätte nicht gedacht, dass es so viele Fragen zu diesem Thema gab!
Nach einer Weile klatschte Frau Tinerius in die Hände und sagte: „So, das war es für heute. Aber ganz wichtig, denkt bitte weiter darüber nach: Sollten wir unsere Talente bekannt machen? Ihr solltet euch eine Meinung zu diesem Thema bilden.“

Schwatzend erhoben sich die Kinder und wollten ihre Bälle aufräumen.
„Stopp! Bleibt bitte alle einen Moment sitzen", unterbrach Frau Tinerius die Aufbruchstimmung. „Ich habe euch noch etwas mitzuteilen."
Erwartungsvolle Stille breitete sich aus. Die Kinder warfen sich gegenseitig fragende Blicke zu. Wusste einer von ihnen mehr?
Frau Tinerius warf einen ernsten Blick in die Runde und sagte: „So wie es aussieht, werden wir nicht mehr lange auf Nebelfels bleiben können." Sie machte eine kleine Pause und schluckte trocken. Es schien ihr schwerzufallen, weiterzusprechen. „Wir sind natürlich schon auf der Suche nach einem neuen Schulgebäude. Doch bis wir eines gefunden haben …", die Lehrerin räusperte sich, als ob sie einen Kloß im Hals hätte,
„… werdet ihr vorerst alle heimfahren und an eure alten Schulen zurückmüssen."
Frau Tinerius stand mit hängenden Schultern da und musterte die Kinder eines nach dem anderen.

Lola unterbrach die Stille: „Und wann?“, fragte sie.
„Am Wochenende“, antwortete Frau Tinerius.
Unterdrückte Aufschreie und bestürztes Getuschel setzten ein.
„Wir sollen in DREI TAGEN nach Hause fahren?“, wurde Mala von dem Mädchen neben ihr gefragt.
„Das ist doch Moppelkotze“, rief Elwin und kickte gegen Alvas Ball. Die versuchte, nicht runterzufallen, während sie sich wunderte, dass selbst Elwin eine Schulschließung so nahging.
„Aber warum denn?“, rief Lola entsetzt.
Frau Tinerius hob die Hand und alle verstummten.
„Weiß einer von euch, wer Graf Donatus von Donnersberg ist?“, fragte die Lehrerin.
„Der Typ auf der Säule vor dem Hauptgebäude?“, rief einer der Jungs.
„Ja, und er steht dort, weil er Direktor Franzen vor vielen Jahren Nebelfels geschenkt hat, damit unser Direktor hier die SCHOOL OF TALENTS gründen kann“, erklärte Frau Tinerius.
„Wie? Und jetzt will er die Insel wieder zurück?“, motzte Elwin und ein Mädchen rief aufgebracht: „Geschenkt ist geschenkt, wiederholen ist gestohlen!“

Frau Tinerius schüttelte den Kopf. „Nein, Graf von Donnersberg hat damit nichts zu tun. Seit Jahren hat ihn niemand mehr gesehen. So wie es aussieht, gibt es allerdings ein paar Unklarheiten, wem die Insel gehört. Die Familie des Grafen behauptet, es wäre ihre. Sie würden sie uns verkaufen, aber wir haben leider nicht genügend Geld."

„Und warum lassen die uns nicht einfach hier wohnen, wie bisher auch?", wollte das Mädchen neben Mala wissen.

„Das weiß ich auch nicht", sagte Frau Tinerius und sah ganz unglücklich aus.

KAPITEL 23

SCHNEEGESTÖBER IN DER DUSCHE

Alle anderen Klassen hatten die Neuigkeiten gleichzeitig mit Mala und Alva erfahren. Doch dass sie die Insel verlassen mussten, wurde vielen erst wirklich klar, als am nächsten Abend die Koffer aus dem Lager in die Wohnhäuser gebracht wurden.

Auch Alva hatte bei ihrer Ankunft den ausgepackten Koffer einfach vor die Tür gestellt. Frau Molina hatte ihr erklärt, dass der Hausmeister, Herr Harms, ihn in einen

Lagerraum bringen würde. Jetzt entdeckte sie auf dem Weg zum Waschraum ihren kleinen roten Koffer, der zusammen mit vielen anderen vor den Zimmern stand.

Beim Zähneputzen flogen die Gerüchte wild hin und her.
„Also ich hab gehört, dass Direktor Franzen dem Grafen die Insel geklaut haben soll“, behauptete ein Mädchen. Sie bürstete ihr langes blondes Haar.
„Ach, wirklich, Karla? Denn ich hab gehört, dass der Vogel in deinem Kopf so groß ist, dass er ein Extrazimmer braucht“, motzte Lenni, die neben Alva stand, das Mädchen an.
Karla warf mit einem beleidigten „Phüüü!“ ihr Haar von einer Seite auf die andere.
„Die wollen uns doch nur loswerden, damit sie ein Hotel aus der Schule machen können“, sagte ein anderes Mädchen.
„Alles Quatsch mit Soße!“, regte sich Lenni auf. „Direktor Franzen ist kein Dieb und sie werden ein neues Schulgebäude finden“, behauptete sie.
Zumindest bei ihrer ersten Aussage war auch Alva sich absolut sicher.
„Träum weiter! Ein Schulgebäude? Für über zweihundert

Kinder. Das finden die NIE", zischte Karla und legte ihre Haarbürste auf die Ablage.
Mala nickte traurig. „Ich fürchte das ehrlich gesagt auch. Überlegt doch mal. Ein leeres Internat steht nicht an jeder Ecke rum", pflichtete sie Karla bei. „Und noch dazu eins, auf dem wir so versteckt bleiben können. Nebelfels ist wie für die SCHOOL OF TALENTS gemacht!"
„Ich will aber nicht in eine andere Schule", schimpfte Lenni und pfefferte ihre Zahnbürste in den Becher zurück. Mehrere Mädchen murmelten zustimmend.
Alva dachte an ihre alte Klasse. Wollte sie wieder dorthin zurück? Obwohl sie immer noch Tiere hören konnte?
„Glaubt ihr, wir können da irgendetwas machen?", fragte Mala und hängte ihr Handtuch an den Haken.
Karla schnaubte verächtlich, bevor sie fragte: „Willst *du* etwa die Insel kaufen? Von was denn? Gehst du auf Schatzsuche? Oder überfällst du eine Bank?"
Wie aufs Stichwort schrillte eine Polizeisirene los. Alva zuckte zusammen und schaute sich nervös um.
Das blonde Mädchen verdrehte genervt die Augen und Mala rief nur: „WILMA!"
„Entschuldigung", kam es aus einer der Duschkabinen.
„Sie kann jedes Geräusch perfekt nachahmen … in

Originallautstärke", erklärte Lenni in Alvas Richtung, während tosender Applaus den Raum erfüllte. Dann kam ein hoher, absolut menschlicher Schrei. „MALA, lass das."
Alva drehte sich um und sah dichtes Schneegestöber über Wilmas Dusche.
„Achtung, Frau Molina im Anmarsch", raunte eines der Mädchen an der Tür. Die dunkle Wolke verzog sich in eine leere Duschkabine.
„Ladys, noch zehn Minuten bis Licht aus", rief die Lehrerin in den Waschraum.

Alva ging ins Bett. Das Fenster war wie jede Nacht offen. Friederike lag, auch wie jede Nacht, mit dem Gesicht zur Wand. Alva wusste nicht, ob sie schon schlief. Die beiden hatten seit Tagen kein Wort gewechselt.
Alva nahm sich ihr Buch. Der angefangene Brief an Carlos steckte noch drin. Sie zog ihn raus. Was könnte sie ihrem Bruder berichten? *„Hier sind alle total traurig, weil Onkel Thomas vielleicht eine Insel geklaut hat?"* So viel Papier hatte sie nicht, um das zu erklären.
Sie las, was sie bisher geschrieben hatte.
… mit meiner Zimmernachbarin hatte ich Pech. Sie ist ein richtiges Rabenaas, sehr gemein und echt unfreundlich …

Ja! Das stimmte genau!
Alva kramte einen Stift raus. *Irgendwie kann sie hier keiner leiden* … schrieb sie weiter. Das war nicht einmal erfunden. Alva hatte beobachtet, dass Friederike immer allein war. *Versteh ich aber auch, denn keiner möchte mit jemandem befreundet sein, der so fies ist!*
„Hey, Licht aus! Es ist nach halb zehn", schnauzte Friederike plötzlich aus dem Nachbarbett.
So eine blöde Kuh! Alva streckte dem Deckenberg im Nachbarbett die Zunge heraus, löschte aber das Licht. Kurz überlegte sie, die Notfalltaschenlampe zu benutzen, die in der Steckdose neben jedem Bett steckte. Dann könnte sie unter der Decke weiterschreiben. Aber Friederike würde sie bestimmt bei Frau Molina melden. Stattdessen lag Alva wach und lauschte dem Spektakel der nachtaktiven Tiere. Sie fragte sich, ob sie etwas vermissen würde, wenn sie wieder zu Hause war. Also das Zimmer und diese doofe Planschkuh ganz sicher nicht.
Till? Den auf alle Fälle. Ihn mochte sie total gern. Doch seit er von der Schulschließung erfahren hatte, war er geschrumpft und wollte niemanden sehen. Nicht einmal Jonas und der war immerhin sein bester Freund. Allerdings wurde der gerade jeden Tag grummeliger.

Dann dachte Alva an Mala, die vorhin regungslos auf einer Bank gesessen hatte, während sich über ihr eine kleine, wütende Gewitterwolke entlud. Mala hatte es nicht mal gemerkt. Lenni hatte einfach nur mit einem aufgespannten Schirm hinter ihr gestanden und gewartet, bis das Unwetter vorbei war.
Alva warf sich unruhig von einer Seite auf die andere. Sie konnte nicht einschlafen. Sie selbst war zwar nicht wirklich traurig, aber die anderen taten ihr leid.
Wenn sie nur eine Idee hätten! Mala hatte vorgeschlagen, dass man der Grafenfamilie einen Brief schreiben sollte. Doch Alva bezweifelte, dass die sich von ein paar Kindern umstimmen ließen. Es sah so aus, als müssten sie tatsächlich einen Schatz finden. Alva seufzte traurig. Leider war das hier keines ihrer Abenteuerbücher, in dem die unerschrockene Schatzsucherin Hanni Rätsel löste und am Ende alles gut wurde.
Oder vielleicht doch?
Mit einem Schlag war Alva hellwach.
Konnte das wirklich sein?

KAPITEL 24

HOKUSPOKUS LÖFFEL WEG

Vor Aufregung hatte Alva kein Auge zugetan und war schon im Morgengrauen auf den Beinen. Sie zog sich leise an und schlich aus dem Haus. Die Sonne war gerade aufgegangen.

Alva ging zur Mensa und zog die Glastür auf. Es war ungewöhnlich ruhig in dem Gebäude. Nur aus der Küche waren Stimmen und Geschirrgeklapper zu hören. Die große Wanduhr in der Halle zeigte halb sieben. In einer halben Stunde würde es Frühstück geben.

Aufgeregt schaute Alva zur Anzeigetafel. Die

Unterrichtsangebote für heute standen schon darauf, außerdem die Speisekarte für das Mittagessen. Alles ganz normal.

Enttäuscht setzte Alva sich im Schneidersitz auf den Boden an die Wand gegenüber. Sie hatte wirklich gehofft, dass die Tafel das seltsame Gedicht zeigen würde.

Ohne sie aus den Augen zu lassen, kramte Alva in ihrer Tasche nach ihrem Block und einem Stift.

Während der letzten Tage war das Gedicht immer wieder aufgetaucht. Alva und die anderen hatten ihm keine Beachtung geschenkt. Sie hatten nur gewartet, bis es wieder verschwand.

Aber Alva hatte das Gedicht oft genug gesehen, um zu wissen, dass darin die Rede von *Rettung* und *Schatz* war. Und sie brauchten einen Schatz. Einen riesigen! Dringend! Da durfte sie auch nach Strohhalmen greifen und frühmorgens ein eigenwilliges Gerät beobachten.

Die Minuten krochen dahin. Das Küchenpersonal fuhr das Essen in den Speisesaal. Erste Kinder kamen in die Mensa. Sie gingen an Alva vorbei, ohne auf sie zu achten. So langsam kam sie sich wirklich albern vor. Eine Infotafel, die zur Schatzsuche aufrief, und zwar genau dann, wenn man einen Schatz brauchte … wo gab es denn so was?

Doch je länger sie darüber nachdachte, desto sicherer war sie, dass genau hier der Ort war, wo so etwas möglich sein konnte.

„Ich hätte nicht gedacht, dass du eine solche Streberin bist", sagte auf einmal jemand über Alva. Sie hörte ein Surren und ein rotes Jo-Jo fiel in ihr Blickfeld.

„Till!", rief Alva erfreut und sprang auf. Es hätte nicht viel gefehlt und sie wäre ihm um den Hals gefallen. „Du bist wieder groß!"

„Und du bist echt früh dran. Was machst du denn hier?"

„Ich schau nur was", antwortete Alva ausweichend.

„Wann die Tafel aussetzt?", fragte Till ruhig.

Alva schaute ihn überrascht an. Doch er konzentrierte sich auf sein Jo-Jo, das gerade verdächtig nah an seinem Kopf vorbeisauste.

„Du glaubst also auch, dass sie eine …" Alva stockte. Sie würde sich total verrückt anhören!

„… Botschaft schickt!", beendete Till ihren Satz grinsend und fing das Jo-Jo auf.

Alva fing langsam an, zustimmend zu nicken.

„Da! Es ist wieder da!", rief Till und deutete auf die Tafel.

Alva schlug ihren Block auf und schrieb schnell den ersten Satz ab:

Findet, sucht, die Rettung ist weit
die Lösung: ein Lauf gegen die Zeit

Till diktierte weiter und Alva kritzelte in einem Affentempo:

Tief unten, gerüstet und verborgen
liegt der Schatz gegen alle Sorgen
wippt im Dunkeln hin und her
zum Greifen nah und doch so schwer

Als Alva fertig war, schaute sie zur Infotafel hoch, aber das Gedicht war schon wieder verschwunden.

„Glaubst du wirklich, es gibt einen Schatz?“, fragte sie Till.

„Es steht doch dort. *Der Schatz gegen alle Sorgen*“, sagte er und tippte mit dem Finger auf die entsprechende Zeile.
„Bist du deshalb wieder groß geworden?“, wollte Alva wissen.
„Deshalb und weil Probleme nicht abhauen, wenn man sich versteckt.“

Wenig später standen Alva und Till in der Schlange der Essensausgabe. „Wieso sollten uns die anderen glauben?“, fragte Till hinter Alva und füllte Müsli in eine Schale.
„Weil wir übermorgen alle heimreisen müssen und das unsere einzige Chance ist“, antwortete Alva und streckte ihre Hand aus, um sich einen Apfel zu nehmen. Dann verharrte sie plötzlich. Hatte sich gerade ihr Löffel bewegt?
„Wenn du warten möchtest, bis er dir in die Hand springt, dann lass mich mal vorbei“, sagte Till.
„Hääà?“, fragte Alva und erkannte, dass ihre Hand die ganze Zeit über dem Obstkorb schwebte. Sie griff nach einem Apfel. Genau in dem Moment passierte es wieder. Ihr Löffel rutschte wie von Geisterhand vom Tablett und blieb direkt am Ellbogen ihres Vordermanns haften.
Alva wollte den Löffel gerade wieder zurückholen, da griff der Junge über ihr Tablett, um sich eine Banane aus dem

Obstkorb zu holen. Alvas Messer nutzte die Gelegenheit und klebte sich an seinen Oberarm.
Alva schnappte sich den Teelöffel vom Tablett, bevor der sich auch noch aus dem Staub machen konnte.
„Till?“, fragte sie, ohne den Blick von dem Jungen zu nehmen.
„Hmm?“, brummte Till in die Joghurtauswahl vertieft.
„Schau mal“, forderte Alva ihn auf und deutete mit dem Kopf auf ihr Besteck, das am Arm des Jungen klebte.
„Ist das deins?“, fragte Till mit einem breiten Grinsen.
„Psssst! Ja! Es ist einfach weggesprungen!“, flüsterte Alva verzweifelt.
„Hey, entspann dich. Alles gut“, beruhigte Till sie leise. Er tippte dem Jungen auf die Schulter „Paul?“
Da erkannte Alva den Jungen, der mit dem Gartenrechen am Rücken über die Insel gelaufen war. Sie fand, dass er wie ein zerstreuter Professor aussah.
„Morgen, Till. Was ist los?“, fragte Paul.
„Das ist Alva und du hast ihr Besteck“, erklärte Till, zog den Löffel und das Messer von Pauls Arm und legte beides zurück auf Alvas Tablett.
„Oh nein! Das tut mir total leid!“, entschuldigte sich Paul sofort.

„Ist nicht schlimm!“, antwortete Alva schnell und hielt ihr Messer fest, das sich schon wieder in Richtung Paul bewegte.

„Wer von euch hat Lust, auf Schatzsuche zu gehen?“, fragte Till, als Alva und er zu dem Tisch kamen, an dem schon Lenni, Jonas und Mala saßen. Zumindest vermutete Alva, dass es Mala war. Ihr Kopf steckte in einer dunklen Wolke. Jonas hob den Blick, aber es war, als würde er durch sie durchschauen. Dann zuckte er mit den Schultern und löffelte seinen Joghurt weiter.
Erst jetzt fiel Alva auf, dass es in der Mensa ungewöhnlich ruhig war. Überrascht schaute sie sich um. Wer redete, flüsterte leise, und niemand lachte. Alva entdeckte ein paar Eichhörnchen, die ganz eng gedrängt Nüsschen knabberten. Weiter hinten sah es so aus, als hätte ein ganzer Tisch sämtliche Farbe verloren. Alles um die Kinder herum war schwarz-weiß und auch sie selbst waren ganz farblos.
„Ach, kommt schon! Schatzsuche!“, rief auch Alva und klang dabei, als hätte sie einen geheimen Süßwarenladen entdeckt.
„Haben sie dich zu heiß gebadet?“, brummte Jonas.

„Hey, wollt ihr hier rumsitzen und warten, bis sie euch rauswerfen, oder wollt ihr um unsere Schule und die Insel kämpfen?", stachelte Till die Trauerklöße am Tisch an.
„Sagt der Zwerg, der sich in seinem Puppenhaus versteckt hat", murmelte Mala aus der Wolke. Doch Jonas ließ immerhin seinen Löffel sinken und musterte Till prüfend. Alva verstand nicht ganz, was Mala meinte, aber sie war froh, dass zumindest Jonas Interesse zeigte.
„Ich höre", sagte Jonas dann endlich und Till und Alva erzählten den anderen von ihrer Vermutung. Alva legte den Block mit dem Gedicht auf den Tisch. Und während sie Teile davon wiederholte, tippte sie mit dem Finger auf die entsprechenden Stellen.
Irgendwann beugte sich Jonas vor und las mit. „Na, hallo, die reden da ja echt von einem Schatz und Rettung und dass man suchen soll", staunte er.
Augenblicklich verschwand die dunkle Wolke um Malas Kopf „Wo?", fragte sie und zog den Block zu sich. „Und wie führt uns das zu einem Schatz?", wollte sie wissen, nachdem sie das Gedicht gelesen hatte.
„Wir müssen den Hinweisen folgen", erklärte Alva aufgeregt.
„Ich hasse so was!", moserte Lenni. „Warum kann da nicht

einfach stehen: Grabt am dritten Baum der Einfahrt ein zwei Meter tiefes Loch. Dort liegt ein Schatz vergraben.“

„Weil dann jeder den Schatz finden könnte, du Dussel“, antwortete Jonas grinsend.

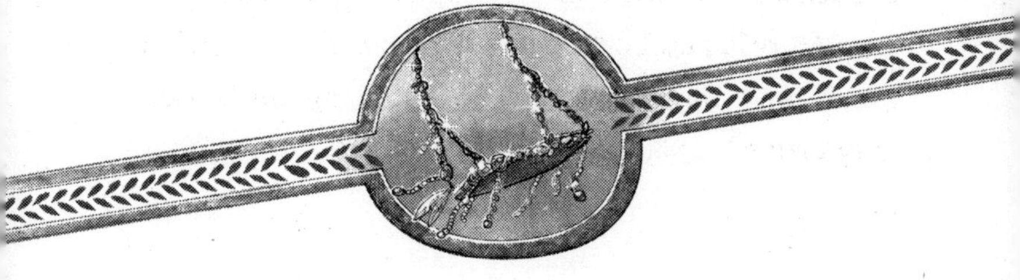

KAPITEL 25

EINE JUWELENBESETZTE SCHAUKEL?

In der Mittagspause saßen Alva, Mala und Lenni auf einer Picknickdecke am See. „Und warum hat sie ständig das Fenster auf?", wollte Mala von Alva wissen. Alva hatte von ihren Friederike-Erlebnissen erzählt.

„Um mich zu ärgern? Oder zu vertreiben?", antwortete Alva schulterzuckend. Sie kramte in ihrer Tasche.

Lenni schüttelte den Kopf. „Eigentlich habe ich gedacht, dass ihr euch ganz gut verstehen würdet."

Alva schaute sie verblüfft an. „Wie kommst du denn da drauf?", fragte sie.
„Weiß nicht. Ihr seid beide lieber allein. Interessiert euch nicht so für andere. Sprecht nie über euch …", zählte Lenni auf.
„… redet nicht viel", ergänzte Mala. Lenni stimmte nickend zu.
Alvas Blick wanderte unruhig von einer zur anderen. Ernsthaft? Wirkte sie so auf die beiden? Mit gesenktem Kopf murmelte sie: „Aber … ich bin … gar nicht gern allein. Ich …" Alva stockte. Sie starrte vor sich hin und zeichnete mit dem Finger das Karomuster der Decke nach. Dann sagte sie leise, ohne den Blick zu heben: „Ich … wollte nur nicht … lästig sein."
„Spinnst du?", stieß Lenni entsetzt aus und Mala fragte: „Warum solltest du lästig sein?"
„Weil ihr schon miteinander befreundet seid. Ich wollte … mich da … nicht … reindrängen", stammelte Alva unsicher.
„Wo steht geschrieben, dass man nur eine Freundin haben darf?", fragte Mala kopfschüttelnd.
„Du bist echt ein Döspaddel!", sagte Lenni.
Alva spürte plötzlich, wie ihr Gesicht von allein zu lächeln

begann. Sie hatte auf einen Schlag das Gefühl, die Sonne schiene wärmer und der Himmel würde heller. Erleichtert atmete sie tief ein. „Okaaay", sagte sie gedehnt und fing langsam an zu nicken. „Freundinnen?"

„Ja, aber sicher doch. Ich dachte, das wäre klar", stimmte Mala zu.

„Du hast echt einen Hau. Ich mag dich! Aber du hast einen Hau", meinte Lenni kopfschüttelnd.

„Damit kann ich leben", sagte Alva lachend. Alles in ihr jubelte. Sie hatte Freundinnen! Echte Freundinnen! Das durfte nicht übermorgen schon wieder vorbei sein! Sie mussten unbedingt dieses Rätsel lösen! Entschlossen zog Alva ihren Block heraus und las das Gedicht noch einmal durch, obwohl sie es eigentlich schon auswendig konnte.

„Und was an diesem Gebrabbel lässt dich glauben, dass es uns zu einem Schatz führt?", erkundigte sich Lenni, die mitlas.

Alva tippte mit dem Stift auf die Worte *Rettung* und *Lösung*. „Die da!"

„*Rettung* verstehe ich ja noch, aber *Lösung*?", fragte Lenni. „Eine Mischung aus chemischen Stoffen?"

„Ihr Vater ist Chemiker", erklärte Mala, als sie Alvas verdatterten Blick sah.

Lenni grinste und fragte Alva: „Was sind deine Eltern? Detektive?"

„Nein. Meine Mutter ist Journalistin."

In diesem Moment warf Jonas sich zwischen Alva und Lenni auf die Picknickdecke. „Ihr habt schon ohne uns angefangen?", beschwerte er sich. „Und für euch treulose Tomaten bringen wir Kekse und Trauben mit!" Seit es diesen winzigen Funken Hoffnung gab – und sein bester Freund Till wieder da war –, war Jonas' Laune wieder blendend.

Till setzte sich an den Rand der Decke, öffnete die Keksschachtel und verteilte die Kekse auf einem Teller. Alva ignorierte Jonas' Beschwerde, nahm sich eine Traube und fragte in die Runde: „Was glaubt ihr, worauf weist das Rätsel hin?"

„Irgendetwas wippt im Dunkeln hin und her", las Mala vor.

„Boah, ihr wollt das echt durchziehen?", fragte Lenni und fiel schlecht geschauspielert in Ohnmacht. Liegend schnappte sie sich einen Keks.

„Im Dunkeln", wiederholte Alva. „Wo ist es dunkel?"

„Im Keller, in einer Höhle, einem Verlies …", zählte Mala auf.

„In der Nacht“, brummte Lenni, drehte sich auf den Bauch und schloss ihre Augen. Kurze Zeit später war sie eingeschlafen.
Till beugte sich kurz über den Block, um das Gedicht zu lesen. Dann begann er, ein Stück von der Decke entfernt mit seinem Jo-Jo zu spielen. Alva beobachtete ihn. So ganz hatte sie noch nicht begriffen, warum er ständig dieses Jo-Jo mit sich rumschleppte.
Jonas, dem ihr Blick offenbar nicht entgangen war, erklärte ihr leise: „Es hilft ihm, sich zu konzentrieren.“
Der Glückliche, dachte Alva, immerhin muss er nicht Fokus tanzen.
„Wie kann etwas gegen die Zeit laufen?“, fragte Mala und verzog das Gesicht, als hätte sie in eine Zitrone gebissen.
„Wenn es nicht altert?“, schlug Jonas vor.
„Alles altert, außer, es ist nicht lebendig“, warf Till ein.
„Aber auch dann verfällt es, wie ein altes Gebäude“, gab Alva zu bedenken.
„Drüben an der Steilküste gibt es eine Ruine“, sagte Mala.
„Vielleicht liegt dort im Keller ein Schatz?“, überlegte Jonas, warf eine Traube in die Luft und versuchte, sie mit dem Mund aufzufangen. Sie prallte an seiner Stirn ab und fiel auf die Decke.

„Und warum wippt er hin und her?", wollte Alva wissen.
„Keine Ahnung. Vielleicht steht der Schatz auf einer Schaukel", mutmaßte Jonas weiter und lachte über seine eigene Idee.
„Oder es ist eine juwelenbesetzte Schaukel", schlug Mala grinsend vor.
Alva musterte die beiden Komiker zweifelnd. „Eine juwelenbesetzte Schaukel? In einem alten, zerfallenen Haus? Und die schwingt da fröhlich hin und her? Glaubt ihr das wirklich?"
„Es wäre einfacher, wenn wir wüssten, was wir suchen", sagte Till.
„Einen Schatz", antworteten Mala und Jonas wie aus einem Mund.
„Findet, sucht, die Rettung ist weit", wiederholte Alva. „Die Idee mit der Ruine könnte stimmen. *Gerüstet* … gibt es Ritterrüstungen in der Ruine?"
„Nein", antwortete Mala sofort. „Das sind nur ein paar Steine ohne Dach … und ehrlich gesagt glaube ich auch nicht, dass da ein Keller ist."
„Dann ist die Ruine raus, oder?", fragte Alva
„Warum? Vielleicht gibt es dort ein geheimes Verlies?", warf Jonas ein.

„Das sind echt nur Steine auf einer Wiese. Und wenn du mich fragst, wippt da gar nichts", erwiderte Mala.

„Du flatterst und ich fauche, dann hauen sie ab."

„Und wer schnappt sich dann die Kekse?"

Quäkende Stimmen erklangen hinter Alva. Sie drehte sich um und entdeckte zwei Enten, die auf sie zugewatschelt kamen. Die beiden waren offensichtlich auf Beutezug.

Leise murmelte Till das Gedicht vor sich her und setzte sich zurück auf die Decke. „Gerüstet, verborgen … gerüstet, verborgen …"

Alva stand auf und ging auf die Enten zu. Die kleinen Diebe blieben stehen und reckten aufgeregt ihre Hälse.

„Uiuiui, ist die groß!"

„Ach Quatsch, die tut nichts, einfach weiterlaufen!"

„Was wird das?", wollte Jonas von Alva wissen.

„Ich verscheuche nur ein paar Keksdiebe!", antwortete Alva lächelnd.

„Sehr praktisch, wenn man seine Angreifer belauschen kann", meinte Jonas. So hatte Alva das noch nie gesehen! Überrascht blickte sie zu ihm rüber. Jonas schnappte sich gerade eine neue Traube und warf sie hoch. Die Frucht landete auf seiner Nase.

„Eine Schatulle!", rief Mala plötzlich.

„Eine was?“, fragte Jonas verwirrt.

Mala erklärte ihm, was sie meinte. „Was ist gerüstet? Also wie eine Rüstung aus Metall? Eine Schatulle, ein Metallkästchen oder so was.“

Alva war noch mit den Enten beschäftigt. „Schschscht! Schscht!“ Sie wedelte mit ausgestreckten Armen in Richtung der Tiere.

Die beiden Vögel blieben wie angewurzelt stehen.

„Sie kann fauchen! Und Flügelschlagen!

„Glaub mir, die ist nicht gefährlich.“

„Gleich beißt sie! Hast du die riesigen Zähne gesehen? Ich hau ab!“

Eine Ente watschelte schnell wieder in Richtung See. Die zweite Ente war erst noch etwas mutiger und beäugte Alva wütend, bevor sie der anderen folgte. Dabei murmelte sie beleidigt:

„Aber ihren ganzen Müll schmeißen sie in unseren See! Wenn die nur sehen könnten, was da unten alles rumtreibt, würden die uns einen Keks geben.“

Die eingeschnappten Enten setzten sich mit einem kleinen Hopser auf die Wasseroberfläche und schwammen los. In diesem Moment taten sie Alva ein wenig leid. Sie beobachtete, wie die Vögel auf den Wellen hin und her schaukelten. Es würde ja wohl kaum so viel Müll am Grund des Sees liegen, dass die Tiere kein Essen mehr finden konnten, oder? Und wie dreckig der See war, konnten die Enten schließlich auch nicht wissen. Da unten war es doch sicher stockdunkel …

Tief unten – liegt der Schatz – wippt hin und her. Und plötzlich ahnte Alva, wo sie suchen mussten.

„Der See! Der Schatz ist im See!“, rief Alva aufgeregt. Die anderen schauten sie fragend an.

„Haben dir das die Enten verraten?“, fragte Jonas.

„Ja“, meinte Alva überrascht. „Irgendwie schon!“

Mala überlegte laut: „Da wäre ein Schatz wirklich zum Greifen nah.“ Nachdenklich tippte Till auf die Zeilen im Gedicht. „Ich glaube, Alva hat recht. Es ist dunkel, es wippt hin und her und was immer dort am Grund liegt, muss irgendwie gegen das Wasser gerüstet sein.“

„Na, super, Alva! Du und die Enten habt das Rätsel gelöst. Kannst du sie gleich fragen, ob sie den Schatz für uns da rausholen?“, erkundigte sich Jonas grinsend.

Alva lachte. Sie war total glücklich. Das Rätsel schien gelöst. Sie waren einen Schritt weiter.

„Okay! Und wie kommen wir nun wirklich an den Schatz?“, fragte Mala und sah grübelnd zum See.

„Vielleicht schauen wir einfach mal nach?“, schlug Till vor und ließ Mala nicht aus den Augen.
Im Gegensatz zu Alva schien Mala sofort zu verstehen, was er meinte. „Okay! Wir treffen uns heute Abend wieder hier“, willigte sie ein.
Dann weckten sie Lenni. Überrascht stellte Alva fest, dass die Mittagspause schon vorbei war. Gemeinsam mit ihren Freunden ging sie zurück zur Schule.

KAPITEL 26

GEH'S LOCKER AN!

Langsam schlurfte Alva den Weg zu den Ställen entlang. Sie kam von einer wirklich lustigen Deutschstunde, doch nun lag Talenttraining vor ihr. Hurra. Mit der Schulschließung im Nacken schien ihr der Unterricht noch sinnloser als zuvor.

„Schlapp! Schlapp! Schlapp!“

Überrascht blieb Alva stehen und schaute sich um. Nichts zu sehen.

Sie ging weiter.

„Schlapp! Schlapp! Schlapp!“

Wieder blieb sie stehen. Das Geräusch stoppte.
Alva machten einen langsamen Schritt.
„Schlaaaaaaapp!"
Was immer es war, es kam eindeutig aus der Wiese.
„Rodrigo, lass den Mist!", schimpfte Alva.
„Wer ist Rodrigo?", ertönte eine Stimme von unten.
Alva bückte sich und suchte zwischen dem hohen Gras nach der Krähe. Doch stattdessen entdeckte sie einen geschrumpften Till. „Oh, hallo! Ein sprechendes Gänseblümchen", rief sie grinsend.
„Quatsch! Ich bin es doch!", antwortete Till und wurde wieder normal groß. „Wohin bist du unterwegs?"
„Zum Stall." Alva verdrehte die Augen. „Talenttraining. Wie du wahrscheinlich auch?"
Till nickte. Sie gingen ein Stück gemeinsam.
„Schon Erfolg mit ‚*Fookuuus*'?", erkundigte Till sich grinsend und deutete mit den Armen einen Kreis an. Alva hatte ihm Frau Molinas Tanz gezeigt.
„Nicht die Bohne", stöhnte Alva und schaute unglücklich über die Wiese zu den Ställen. Sie hatte das Gefühl, die Tiere bereits von hier hören zu können.
„Und wer ist Rodrigo?", wollte Till nun wissen.
„Eine Krähe", antwortete Alva.

„Du kannst also doch mit Tieren sprechen?“
„Nö, aber die Krähe versteht die Menschensprache“, erklärte Alva.
Till blieb stehen. „Waaaaaas? Das ist ja der Hammer! Warum erzählst du das nicht?“, beschwerte er sich.
„DAS findest du jetzt also außergewöhnlich?“, vergewisserte sich Alva und drehte sich zu ihm um.
Till grinste. „Okay, Grundregel: Egal, was Menschen hier können, es ist normal. Aber alles, was Tiere Besonderes machen … das ist …“ Er suchte nach dem passenden Wort.
„… der Hammer?“, hakte Alva nach.
Mit ein paar Schritten war Till wieder bei ihr.
„Aber so was von“, stimmte er eifrig nickend zu. „Und wo ist das sprechende Wundertier?“, wollte er wissen.
„Es taucht nur auf, wenn es Lust dazu hat.“
Schweigend gingen sie weiter.
„Till?“
„Hmmm?“
„Wie schaffst du es, groß und klein zu werden?“
Till sagte nichts, warf Alva nur einen fragenden Blick zu.
„Ich pack das nicht“, jammerte Alva leise. Weder Frau Molinas Tanzerei noch Doktor Rössners

Konzentrationsaufgaben zeigten Erfolg. Sie war echt verzweifelt und kurz davor, aufzugeben.
„Natürlich schaffst du das. Das dauert einfach."
„Ach ja?" Alva klang nicht sehr überzeugt. „Zeit scheinen wir ja nicht mehr so richtig zu haben."
Als Alva sah, wie traurig Till plötzlich guckte, bereute sie ihren letzten Kommentar. Doch dann lächelte er sie an.
„Ich glaube nicht, dass ich dir etwas raten kann. Immerhin habe ich ein Puppenhaus in meinem Zimmer stehen, weil ich nicht immer weiß, wie ich wieder groß werde."
„Echt jetzt?"
„Ja, echt jetzt. Außerdem wirst du in dieser Schule wahrscheinlich keinen Raum finden, in dem es Mala noch nicht aus Versehen hat regnen lassen. Lenni steckte mal einen halben Tag in der Wand vom Geräteschuppen fest. Und Jonas? Da müssen wir erst gar nicht anfangen. Keiner von uns ist perfekt."
Alvas Verzweiflung schrumpfte wie ein Luftballon mit Loch. Es tat einfach gut, zu hören, dass es den anderen auch so ging wie ihr. Trotzdem, ihre größte Angst war es, die Einzige zu sein, die ihr Talent NIE beherrschen lernte.
„Aber ich krieg es so überhaupt nicht hin! Nicht mal ein bisschen", beschwerte sie sich.

„Vielleicht versuchst du es zu sehr?", überlegte Till laut.
„Du meinst, man kann etwas zu sehr üben?"
„Nö, aber zu krampfig. Wenn ich wütend bin und schrumpfe, dann ist es, als wäre ich blockiert. Ich schaff es erst wieder, groß zu werden, wenn ich in ein Mir-doch-egal-Denken komme."
„TILLBUR MARTENS", brüllte plötzlich eine Männerstimme über die Wiese.
„Oh, oh, Ärger! Das ist mein Lehrer, ich muss los", erklärte Till und drehte sich zum Gehen.
„Ernsthaft? Tillbur?", kicherte Alva.
„Hey, Ruhe, Krampfi-Alvi", gab Till grinsend zurück und rannte los. Als er schon ein ganzes Stück weg war, drehte er sich noch einmal um und rief: „Geh's locker an! Und ich möchte diesen Wundervogel noch kennenlernen. Wir sehen uns nachher am See!"
Lächelnd ging Alva weiter. Tillbur! Irgendwie war der schon etwas Besonderes. Sie steckte beim Gehen ihre Hände in die Tasche. Dabei stießen ihre Fingerspitzen auf den Flummi, den sie immer dabeihatte. Sie holte ihn raus und ließ ihn über ihre Hand rollen. Der Flitter darin glitzerte. Alva drehte ihn langsam und beobachtete die Reflexion der kleinen Lichtpunkte auf dem Boden.

Es dauerte ein bisschen, bis sie es merkte. Um sie herum war es … ruhig. Oder täuschte sie sich?
Den Blick stur auf den Flummi gerichtet, lauschte sie auf die Tierstimmen. Sie wurden wieder lauter.
Verwirrt hob Alva den Kopf. Die Stimmen der Tiere in ihrem Kopf begannen zu dröhnen. Die Meisen, die Grashüpfer und oh, es gab Wühlmäuse auf dieser Wiese.
Überrascht schaute Alva den Flummi an. Sie vertiefte sich wieder in das flimmernde Blau. Tauchte tief ein. Jetzt klangen die Stimmen, als wären sie unter Wasser. Alva drehte den Ball im Sonnenlicht. Ihre Augen zuckten nur ganz kurz zu den tanzenden Lichtpunkten auf dem Boden und sofort hörte sie alle Tiere laut und deutlich.
Erneut konzentrierte sie sich auf den Flummi.
Die Stimmen blieben.
An was hatte sie vorher gedacht? Oder lag es an der Art, wie sie den Flummi im Sonnenlicht gedreht hatte?
Atemlos probierte Alva in der nächsten Stunde alle möglichen Kombinationen aus. Leider schaffte sie es kein weiteres Mal, die Stimmen leiser zu machen.
Aber es hatte sich etwas verändert! Die Stimmen *waren* kurz leiser geworden! Das war ein Anfang.
Freudig umschloss Alva den Flummi mit ihrer Hand.

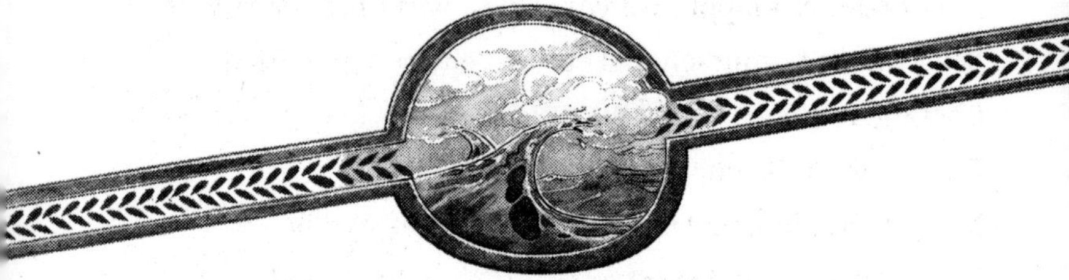

KAPITEL 27

WIE GUT FLIEGT WASSER?

Vor dem Abendessen trafen sich die Freunde am See.

„Mala soll einen ganzen See anheben, damit wir auf den Grund schauen können?“ Alva konnte nicht fassen, was die anderen da vorschlugen.

Till nickte zustimmend und Mala zuckte mit den Schultern, als wäre das ein Klacks.

„Es ist ja ein kleiner See“, bemerkte Jonas grinsend.

„Vielleicht, aber mit echt viel Wasser drin“, widersprach Alva und wich Tills Jo-Jo aus.

„Was soll denn schon passieren“, fragte Mala unbesorgt.

„Entweder es klappt und wir sehen, was unter dem Wasser liegt, oder wir müssen uns einfach einen neuen Plan überlegen."

Das leuchtete auch Alva ein.

Mala starrte konzentriert auf das Wasser. Weiße Nebelfäden stiegen von der Oberfläche hoch und verdichteten sich zu kleinen Wölkchen, die langsam größer und größer wurden.

Alva biss sich auf die Unterlippe. Bei dem Tempo würde es Stunden dauern. Doch dann ballten sich die kleinen Wolken zu einer großen zusammen.

„Es funktioniert", jubelte Jonas.

Die große Wolke wurde dunkler und dunkler. Wuchs immer weiter an. Bald sah sie aus wie eine fette, schwarze Gewitterwolke.

Mala schaute weiter hoch konzentriert auf das Wasser. Der Pegel des Sees war schon merklich abgesunken. Alva drückte ihre Hände aufgeregt zu Fäusten zusammen.

Da begann Mala zu zittern. Hielt die Luft an. Für einen Moment schien alles stillzustehen. Selbst die Frösche schwiegen.

Und plötzlich pladderte ein heftiger Wolkenbruch über dem See runter.

„Mist!“, schimpfte Mala. „Die Wolke ist total schwer zu halten.“ Sie wischte sich mit dem Unterarm über die Stirn und meinte: „Ich probier mal was anderes.“
Nun waren es ganze Tröpfchen, die aufstiegen. Über dem See entstand etwas, das wie eine riesige Wassersäule aussah. Sie wurde größer und größer und schwankte ganz schön hin und her. Alva zuckte jedes Mal zusammen, wenn die Säule umzukippen drohte. Doch Mala bekam sie immer wieder ins Gleichgewicht.
Auf diese Weise ging es viel schneller als mit der Wolke. Inzwischen schwebte tatsächlich das halbe Wasser des Sees in der Luft. Wieder kam die Wassersäule in Schräglage. Den Blick fest auf das schwebende Wasser gerichtet, zog Mala mit ihren Händen kleine Bahnen vor ihrem Körper. Die Säule wurde kürzer und dafür breiter und reichte weit über die Ufer des Sees hinaus.
Alva hörte es über ihrem Kopf plätschern und schaute nach oben. Verdrehte Welt! Über ihnen waberte eine riesige Wasserblase. Die Sonne brach in hellen Strahlen hindurch. Fische schossen aufgeregt hin und her und warfen Schatten auf die Kinder.
Der See leerte sich immer rasanter. Erste Unebenheiten des Grundes lagen bereits frei.

„Schaut alle auf den Grund, ob ihr was entdeckt“, rief Alva und hatte Mühe, ihren Blick von den sich auftürmenden Wassermassen über ihnen nach unten auf den Boden des Sees zu lenken.

Die Enten hatten recht gehabt. Es lag wirklich viel Müll auf dem Grund. Turnschuhe, Fahrräder, Reifen, Kleiderbügel, Rohre, viele verrostete Metallteile, die man nicht mehr erkennen konnte, und – da!

Alvas Finger schnellte nach vorne. Eine silberne Metallkapsel, nicht länger als ihr Unterarm. Gerade wollte sie losrufen, als Malas Schrei ertönte.

„NEIN! Deckung!“

Und mit einem großen WUTSCH platschte der ganze See zurück auf die Erde.

KAPITEL 28

FISCHALARM IM GARTEN

Wie aus riesigen Eimern gegossen klatschte das eiskalte Wasser auf die Freunde nieder. Ihre Schreckensrufe wurden von den nassen Massen erstickt.

„Uuuaaoooohhhh“, schrie Alva, als sie wieder Luft bekam. Sie streckte sich, um dem kalten, klebrigen Stoff ihrer Klamotten zu entkommen. Vergeblich wischte sie sich mit ihrem nassen Unterarm durchs Gesicht. Doch das Wasser war überall. Feuchte Pfützen bildeten sich in Alvas Schuhen, die im Schlamm versanken.

Den anderen ging es nicht besser. Till wischte sich seine

klatschnassen Haare aus dem Gesicht. Das Wasser rann ihm den Hals runter. Mala stand verdattert da, den Mund weit aufgerissen. Aus ihren Haaren tropfte es und die durchtränkten Klamotten klebten an ihrem Körper.
„Lass mich raten, das war der See?", prustete Jonas, der versuchte, sich aus seinem triefenden Sweatshirt rauszuwinden.
Alva sah sich um und entdeckte ihre Tasche in einer Pfütze. „Oh nein!", rief sie. „Da ist mein Tablet drin!"
„Und es kann nicht schwimmen", hörte sie Till hinter sich.
Alva fischte die Tasche aus dem Wasser und wollte nachschauen, wie es ihrem Tablet ging, da hörten sie aus dem Schulgarten jemanden „FISCHE! FISCHE!" rufen.
Alva sah die anderen an und dann rannten sie los, so schnell der Schlamm das zuließ.

Schon von Weitem sahen sie eine klatschnasse, rundliche Frau und einige vor Wasser triefende Kinder im Garten stehen.
Kaum dass sie in Hörweite war, rief Mala: „Oh, Frau Harms, das tut mir leid!"
„Mala! Was war das denn?", fragte die Frau zurück. Sie stand mit nassem Haar und in die Hüften gestützten

Händen zwischen den Beeten und betrachtete fassungslos die Schlammgrube, die einmal ein Garten gewesen war. Alva fand, dass sie total nett aussah und überhaupt nicht sauer, sondern eher überrascht wirkte. „Wer ist das?“, fragte sie Till leise.

„Frau Harms, die Frau vom Hausmeister. Sie kümmert sich um den Schulgarten“, erklärte Till.

Alva entdeckte Friederike, ihre Mitbewohnerin, inmitten des ganzen Chaos. Sie brüllte den anderen Kindern im Garten wild Befehle zu: „Füllt das Wasserbecken!“ „Holt Eimer!“ „Sammelt die Fische ein!“

Alva verstand zunächst nicht, was sie meinte. Erst als sie näher kamen, sahen sie die Fische, die zwischen den Beeten lagen und verzweifelt nach Luft schnappten.

Till stürmte sofort zum Brunnen und begann, das Becken davor vollzupumpen. Alva, Jonas und Mala schnappten sich Eimer, rannten wie aufgescheuchte Hühner durch den Schlamm und sammelten Fische auf.

Kaum hatte Friederike Alva gesehen, schrie ihre Mitbewohnerin sie an: „Hörst du Fische?“

Es dauerte einen Moment, bis Alva wusste, was Friederike von ihr wollte. Sie nickte und senkte konzentriert den Blick.

„BEEIL DICH!“, herrschte Friederike Alva an.
„Halt einfach mal den Rand“, schnauzte Alva zurück.
Sie wollte ja helfen. Verzweifelt versuchte sie, die Menschenstimmen aus dem Geschrei in ihrem Kopf rauszusortieren.
Was war das? Ganz leise:
„Hiiiiiiilfeeee!“
„Da unter dem Busch“, sagte Alva. Ein Junge rannte los und zog einen großen Karpfen aus dem Sumpf. Der Junge packte den Fisch in den Eimer, um ihn in das halb volle Wasserbecken zu bringen. Till pumpte immer noch mit hochrotem Kopf Wasser.
Alva konzentrierte sich wieder auf die Stimmen. Ihre Hand hatte sie fest um den Flummi in ihrer Tasche geschlossen. Sobald Alva in eine Richtung zeigte, spurtete Friederike los. Sie war auf Socken unterwegs. Ihre Turnschuhe steckten wahrscheinlich irgendwo im Schlamm.
„Mach schneller“, schimpfte sie, während Alva mit gesenktem Kopf im Garten stand und versuchte, die Hilferufe der Fische zu hören.
„Hör auf, mich anzuschreien“, fauchte Alva. Sie ging langsam durch den Garten. Einige Fische wurden einfach

so von den Kindern gefunden. Aber die Forellen in den umgeknickten Himbeerbüschen hätten sie sicher übersehen. Auch die Saiblinge, die zwischen den Tomaten lagen, konnten nur mithilfe von Alva gerettet werden.

„Ich kann keine mehr hören“, meldete Alva ein paar Minuten später.
Die geretteten Fische wurden von den Kindern in Eimern zurück zum See gebracht.
Ohne ein weiteres Wort zu sagen, ließ Friederike Alva einfach stehen.
Alva schüttelte den Kopf und trottete zu den anderen, die sich um Frau Harms versammelt hatten.
„Den Garten hast du tatsächlich zum letzten Mal gegossen, Mala“, meinte Frau Harms gerade und blickte zu den verwüsteten Beeten.
Es bot sich ein trostloses Bild. Entwurzelte Salatsetzlinge schwammen in tiefen Wasserkratern. Umgeknickte Beerensträucher steckten im Schlamm. Noch grüne Beeren trieben in Pfützen. Überall lagen Pflanzen, als wären sie vom Himmel geregnet.
Plötzlich fröstelte Alva. Es fühlte sich an, als würde ein eisiger Wind aus Richtung der Schule über sie

hinwegwehen. Überrascht drehte Alva sich um. Und schon entlud sich ein Donnerwetter der anderen Art über ihnen. Ein Donnerwetter in Form von Frau Tinerius.

„WAS ist hier passiert?“, fuhr die Lehrerin die Kinder an. Eine steile Zornesfalte hatte sich auf ihrer Stirn gebildet. Sie schnaubte vor Wut und wahrscheinlich auch, weil sie vom Haupthaus bis zum Schulgarten gerannt war. In Kostüm und Gummistiefeln sah sie eigentlich zum Schießen aus. Doch keiner dachte auch nur daran, zu lachen.

„Es … es … war … Wasser“, stammelte Mala, die als Erste die Sprache wiedergefunden hatte.

„Das sehe ich!“, fauchte Frau Tinerius. Sie musterte die klatschnasse und inzwischen schlammverkrustete Truppe. „Ihr geht jetzt alle duschen und zieht euch trockene Klamotten an und dann will ich die Verantwortlichen für dieses Chaos in meinem Büro sehen“, bestimmte die stellvertretende Direktorin und stolzierte in ihren Gummistiefeln davon.

„Wow, ich dachte kurz, sie will uns mit ihrem Blick schockfrosten“, flüsterte Till.

„Es war Wasser?“, wiederholte Jonas und musterte Mala kopfschüttelnd, bevor Frau Harms sie alle aus dem Garten zum Duschen scheuchte.

KAPITEL 29

HALT DIE FÜSSE STILL

Die Strafpredigt von Frau Tinerius fiel ähnlich eisig aus wie ihr Auftritt im Garten. Mala, Jonas, Till und Alva verließen das Büro der stellvertretenden Direktorin mit hängenden Köpfen.
„So fühlt man sich wahrscheinlich in einem Schneesturm am Nordpol … in Unterwäsche“, behauptete Jonas, als sie wieder draußen waren.
„Ich dachte, sie reißt mir gleich den Kopf ab“, sagte Mala kleinlaut.
Alva nickte und schüttelte sich. Trotzdem konnte sie ein

Grinsen nicht unterdrücken. „Aber wir haben unsere Schatzsuche gerettet", erinnerte sie die anderen.
Jonas nickte und stieß Till in die Seite. „Ja, ziemlich schlau, zu behaupten, wir wollten den Müll aus dem See holen", lobte er Till, der geistesgegenwärtig erklärt hatte, das sei der Grund für die ganze Aktion „Heb den See" gewesen.
Alvas Grinsen wurde breiter. Immerhin waren sie jetzt offiziell damit beauftragt, sämtlichen Schrott am Grund des Sees einzusammeln. Und hoffentlich erwischten sie dabei auch die Metallkapsel, die Alva gesehen hatte.
„Und wenn es gar keinen Schatz gibt?", fragte Mala leise.
„Wir haben nur eine Möglichkeit, es rauszufinden", sagte Till bestimmt. „Aber zuerst mal Respekt an Mala, die heute echt einen See angehoben hat!" Er begann zu klatschen und alle applaudierten begeistert mit.
„Gratisdusche und Fische für alle", rief Mala lachend, bevor sie weiterfragte: „Lag denn viel Müll drin?"
Jonas nickte. „Ja, schon. Sicher kein Fehler, da mal sauber zu machen. Aber egal, was wir rausholen, diese Metallkapsel muss dabei sein", ereiferte er sich.
Till wurde nachdenklich. „Und wie finden wir die Kapsel? Und wenn wir sie haben … wie kriegen wir sie ins Trockene?"

„Wir fragen Nora! Kann die nicht unter Wasser atmen? Elwin als Krake? Nee, zu doof! Juli …", fing Jonas an, laut und extrem sprunghaft nachzudenken.
Till brummte unzufrieden. „Juli? Die kann höchstens den Teich unter Strom setzen. Nora kann zwar unter Wasser atmen, die sieht aber nichts. Und wenn du die Hohlbirne Elwin mit ins Boot holst, bin ich raus!"
Doch Jonas war nicht zu stoppen. „Boot! Genau! Wir brauchen Boote", sagte er sofort.
„Halt die Füße still", ermahnte Mala ihn.
Aber Till stimmte seinem Freund zu. „Das ist ein erster Schritt. Im Bootshaus stehen zwei Ruderboote. Ich kann mich darum kümmern."
„Kommen wir mit Haken oder Netzen weiter?", wollte Mala wissen und sah Alva an. Schließlich hatte sie die Metallkapsel als Einzige gesehen.
Alva verneinte kopfschüttelnd. Dann begann sie plötzlich zu lächeln. „Aber ich weiß, wer uns helfen kann."

KAPITEL 30

NICHT KOCHEN!

Am nächsten Vormittag trafen sie sich wieder am See. Dort lagen zwei hölzerne Ruderboote am Ufer bereit. Alva war froh, der angespannten Stimmung im Wohnhaus zu entkommen. Überall in den Zimmern standen halb gepackte Koffer und Reisetaschen. Die Mädchen hatten schlechte Laune, standen sich gegenseitig im Weg, rempelten und schnauzten sich an. Unten im Erdgeschoss hatten Lola und Pia wegen eines Posters so laut miteinander gestritten, dass Alva sich wunderte, sie nicht noch am See hören zu können.

„Seid ihr so weit?“, fragte Till, der schon im Boot saß. Alva nickte und stieg ein. Dann half sie Paul ins Boot. Als Alva ihn gefragt hatte, ob er ihnen helfen würde, Schrott aus dem See zu fischen, hatte er sofort zugesagt. Sie hatten ihm nicht mal verraten müssen, wonach sie wirklich suchten. Ihre Ausrede hatte genügt. Allerdings hatte Paul ihrem Plan auch einen gehörigen Tritt verpasst.

„Metall kann ich nur magnetisch anziehen, wenn es warm genug ist. Der See ist zu kalt“, hatte er erklärt.

Die Lösung dieses Problems lag zwar auf der Hand, doch die Durchführung war kniffeliger als gedacht. Mala konnte Wasser erwärmen. Allerdings endeten die Probeläufe im Schulgarten jedes Mal mit einem Becken voller kochend heißem Wasser. Dabei war es wenig hilfreich gewesen, dass Till jedes Mal, wenn es zu dampfen und brodeln begann, „Tschüss, Fische“ gerufen hatte. Alva hoffte einfach, dass das viele Wasser im See Malas Kräfte etwas dämmte. Leider war die Zeit zu knapp, um mehr üben zu können.

Mala und Jonas saßen im zweiten Boot. Gemeinsam ruderten sie auf den See raus und fuhren in Kreisen um die Mitte herum. Alva blickte sich immer wieder nervös zum Ufer um. Frau Tinerius hatte noch vor ein paar

Minuten argwöhnisch beobachtet, wie sie die Boote ins Wasser geschoben hatten. Doch nun war die Lehrerin nirgendwo zu sehen.

„Dann leg mal los“, nickte Till Mala zu.

Die lehnte sich ein bisschen raus und starrte auf das Wasser.

„Wie warm ist es?“, fragte Till nach einer Weile.

Im anderen Boot zog Jonas ein Thermometer an einer Schnur aus dem Wasser. „Oh, super, schon 20 Grad“, meldete er.

„Hey, Mala, pass auf, dass es nicht zu heiß wird“, warnte Till, als die zwei Boote aneinander vorbeifuhren. „Ich hab keine Lust, wochenlang Fischsuppe zu essen, nur weil du hier den größten Suppentopf der Welt anfeuerst.“

Mala starrte hoch konzentriert aufs Wasser und murrte: „Sei still oder du kannst anfangen, Möhrchen zu schnippeln.“

„Paul, möchtest du mal probieren, ob schon was geht?“, fragte Jonas.

Paul streckte nur seine Arme aus und sofort schoss eine verrostete Eisenstange aus dem Wasser direkt in seine Hände.

„Es funktioniert“, jubelte Till leise. Er wollte Alvas

Konzentration nicht stören. Die saß nämlich mit geschlossenen Augen im Boot und versuchte, sich auf die Stimmen der Fische zu konzentrieren. Die Freunde wollten sichergehen, dass es den Fischen gut ging. Unter Wasser waren sie jedoch echt schwer zu hören.

„Ooooooooooh, hhhhheeeeuuuuuttteeeeee iiiiiiiiisssstsssssss aaaaaabeeeeeeeer waaaaaaaaaarm hiiiiiiieeeeeer!“

„Weeeeeeeeeeeiiiiiiiiiiiiiteeeeeeeeer uuuuuuuuuuuunteeeeeeeeen aaaaaaaauuuuuuuuchh!“

„Den Fischen ist ein bisschen warm!“, meldete Alva. Mala hörte auf, das Wasser zu erhitzen.

Paul fing an, jede Menge rostiges Zeug aus dem See zu angeln. „Ich glaub, es wird zu kalt“, meinte er nach ein paar Minuten, als sich kein Metall mehr aus dem See ziehen ließ. Mala begann von Neuem, das Wasser aufzuheizen.

So verbrachten sie den Vormittag. Wasser erwärmen, Metall hochziehen, zum Ufer rudern, rostige Teile ausladen, zurückrudern und See aufheizen.

Alva begann zu zweifeln, dass sie die Kapsel noch finden würden. Der Berg an Schrott, der sich langsam am Ufer sammelte, würde zumindest Frau Tinerius zufriedenstellen.

„Warum müsst ihr eigentlich den See reinigen, wenn wir morgen alle abreisen?“, fragte Paul, als Alva und Till nach einer abgeladenen Schrottsammlung wieder ins Boot stiegen.

„Strafe von Frau Tinerius. Wir haben den Schulgarten verwüstet“, erklärte Till.

„Ach, ihr wart das!“

„Ja, und tut mir leid, dass es so lange dauert“, entschuldigte sich Alva.

„Alles besser als packen. Ich will nicht von hier weg“, meinte Paul und sah sehr unglücklich aus.

„Ich auch nicht“, stimmte Till ihm zu.

Alva stellte überrascht fest, dass sie eigentlich auch keine Lust hatte, morgen heimzufahren. Vielleicht suchte sie den Schatz doch nicht nur, damit ihre Freunde hierbleiben konnten.

Die erste Begeisterung war verflogen. Mit jeder Minute wurden die Freunde mutloser. Sie fanden kaum noch neuen Schrott. Von einem Schatz ganz zu schweigen. Selbst von den Fischen war nichts mehr zu hören. Trotzdem wollte niemand aufgeben. Denn dann wäre auch jede Hoffnung auf Rettung futsch.

Doch nach einer Weile sagte Paul: „Ich glaube, da ist nichts mehr unten."

Alva blickte sich verzweifelt um. „Sollen wir noch *eine* Runde drehen?", schlug sie vor.

„Bevor ich anfange, Koffer zu packen, paddle ich lieber bis nach Amerika!", brummte Till und ruderte weiter.

„Daaas iiist sooo schööön küüühl!"

Alva horchte überrascht auf. Die Stimme des Fischs war ziemlich leise, als käme sie von weiter weg. Aber dort unten im See dürfte eigentlich gar nichts kühl sein. Alva hielt die Hand ins Wasser. Nö, war fast wie in einer Badewanne.

„Duuuuu muuuusst diiiich gaaaaanz flach drauuuufleeeeegeeeeen."

„Oooooh, schöööön! Daaas leeetzteee Kaaaalt!"

Alva runzelte die Stirn. Was trieben die Fische da unten? Und was um alles in der Welt war *das letzte Kalt*? Angestrengt lauschte Alva, um die Fische zu orten. Sie schienen weiter hinten im See zu sein.

„Können wir mal da vorne hinfahren?", fragte Alva und deutete zum Schilfgürtel. Till nickte und änderte sofort die Richtung.

„Vooorsiiicht! Daaa kooommeeeen diiie Ooohneeeflooosseeen wiiiedeeer miiit iiihreeem schwiiimmeeendeeen Hooolz."

„Miiist, diiie hoooleeeen aaauuuch noooch uuunseeer leeetzteees Kaaalt!"

Das Boot musste auf dem richtigen Weg sein, denn die Fische waren für Alva nun deutlicher zu hören. Und sie nannten Menschen *Ohneflossen.* Gegen ihren Willen musste Alva kichern. Aber was war dieses *letzte Kalt*? Die hatten da unten ja wohl kaum Eiswürfel, auf denen sie liegen konnten.

„Kannst du noch ein bisschen aufheizen", fragte Paul zum anderen Boot rüber. „Hier geht nämlich gar nichts mehr!"

Alva schoss in die Höhe und drehte sich zu Mala um. Das Boot begann gefährlich zu kippeln.

„He, willst du uns versenken", beschwerte sich Paul und hielt sich erschrocken am Bootsrand fest.

Alva beachtete ihn nicht. Die Fische hatten den Schatz gefunden! „Heiz ordentlich auf! Die haben da unten etwas aus Metall, das noch kalt ist!", rief sie Mala aufgeregt zu.

Mala starrte konzentriert auf das Wasser. Alva hielt ihre Hand hinein. Es wurde wärmer … wärmer … noch wärmer …

„Hey, Alva, das wird zu warm", murmelte Till beunruhigt, zog das Ruder ein und stand vorsichtig auf.

„Boah! 23 Grad!", meldete Jonas bange aus dem anderen Boot.

„Alva?", sagte Till leise.

„Da unten ist was!", flüsterte Alva verzweifelt. Doch sie wusste, dass er recht hatte. Sie nickte Mala zu. Ihre Freundin nahm die Arme runter.

Es war vorbei.

Da klatschte Paul auf einmal ein metallener Zylinder in die Hände.

„Habt ihr das hier gesucht?", fragte er verblüfft.

Alva und Till blickten sich aufgeregt an.

„Nein, nein, aber gut, wenn der See jetzt leer ist", erklärte Till und versuchte, nicht zu begeistert zu klingen. „Alva ist immer ganz genau, wenn es ums Aufräumen geht!"

Er wollte Paul die Kapsel aus den Händen nehmen. Doch der drehte und wendete den Zylinder, um ihn genauer anzuschauen.

„Was ist das?", fragte er.

„Eine alte Thermoskanne", antwortete Alva und streckte ebenfalls die Hand nach der Kapsel aus.
Paul schüttelte den Kopf. „Nein. Die sind aus Edelstahl und nicht magnetisch", sagte er und war ganz in den Anblick der Kapsel vertieft. Er sah erst auf, als Till ihn fragte: „Wie machst du das eigentlich mit deinem Handy? Geht das nicht ständig kaputt, wenn du so magnetisch bist?"
„Nein, das hat auch eine Edelstahlhülle", antwortete Paul, drehte sich zu Till und vergaß offensichtlich das Ding in seinen Händen.
Alva nahm ihm die Kapsel vorsichtig ab und steckte sie schnell in ihre Tasche.
Doch Paul hatte sie schon längst vergessen. Das Gespräch mit Till über die Vorzüge von Edelstahl brauchte seine volle Aufmerksamkeit.

KAPITEL 31

NUR PAPIER?

Die Freunde waren unheimlich aufgeregt und wollten die Eisenkapsel am liebsten gleich öffnen. Doch plötzlich stand Frau Tinerius am Ufer und erklärte die Reinigungsaktion für beendet. Schnell schickten die Schatzsucher Paul zum Packen, schließlich wollten sie nicht, dass er auch noch Ärger bekam.
Unter dem strengen Blick ihrer Lehrerin mussten Mala, Till, Alva und Jonas den gesammelten Schrott zu den Müllcontainern am Hinterausgang der Schule bringen. Die Boote wurden im Bootshaus vertäut. Dann schickte Frau

Tinerius sie zum Mittagessen. Doch an Essen war nicht zu denken. Sie wollten endlich diese Kapsel öffnen.
Mala schlug vor, ihr Essen mit in eines der Gruppenzimmer in der Schule zu nehmen. Alva war noch nie in einem der kleinen Räume gewesen. Außer einem Tisch und ein paar Stühlen gab es hier Sitzsäcke, zwei Schränke, Jonglierbälle, Reifen und ein Pedalo, mit dem Jonas gerade um den Tisch fuhr.
„Ist das die Abteilung Zirkus?", fragte Alva verwundert und beobachtete ihn.
„Nö! Aber die Schule ist der Meinung, dass man besser denken kann, wenn man sich währenddessen bewegt", erklärte Jonas, sprang vom Pedalo und setzte sich an den Tisch zu Mala und Till.
Alva stellte ihre Tasche mit der Kapsel darin in die Mitte. Sie hob den Blick und schaute in die erwartungsvollen Gesichter der anderen. Hinter ihnen konnte sie durch das große Panoramafenster die dichten Nebelschwaden beobachten, die um die Brücke zogen. Das Festland war nicht zu sehen. Morgen würden sie alle ins Ungewisse fahren.
„Jetzt träum nicht, sondern hol das Ding endlich raus!", riss Mala sie ungeduldig aus ihren Gedanken.

Alva zog den Zylinder hervor und versuchte, den Schraubverschluss zu drehen.
„Vorsicht, gleich entweicht giftiges Gas“, flüsterte Jonas in die gespannte Stille und kassierte dafür einen Ellbogenrempler von Mala.
Inzwischen hatte Alva einen knallroten Kopf vor Anstrengung.
„Der bewegt sich keinen Millimeter“, presste sie zwischen zusammengebissenen Zähnen hervor.
„Ach komm, lass mich mal ran!“, meinte Jonas gönnerhaft und nahm ihr die Kapsel aus der Hand. Er stöhnte, ächzte und schwitzte, doch die Kapsel blieb verschlossen.
Mala grinste und nahm ihm den Zylinder ab. „Nicht, dass du dir gleich noch was zerrst.“
„Wir brauchen einen Schraubstock und eine riesige Rohrzange“, beschloss Jonas und wischte sich die Hände am T-Shirt ab.
Alva überlegte, wie sie in eine der abgeschlossenen Werkstätten kommen könnten.
„Oder wir versuchen es zusammen“, schlug Till vor.
Mala nickte und hielt den Zylinder fest.
„Wir werden hier jetzt nicht an einem bescheuerten Verschluss scheitern“, sagte Jonas entschlossen und legte

seine Hände unter die von Mala. Alva zog schnell ein Stück von ihrem T-Shirt über den Drehverschluss. Till legte seine Hände auf ihre und gemeinsam fingen sie an zu drehen.

Alva biss die Zähne zusammen und befürchtete, dass ihre Finger bald Matsch sein würden. Jonas ächzte laut und Mala trat der Schweiß auf die Stirn.

Da gab der Verschluss mit einem lauten Quietschen nach. Die Freunde jubelten! Till fuhr sich mit dem Unterarm über die feuchte Stirn, während Alva den Deckel von der Kapsel drehte.

„Noch irgendwelche feierlichen Worte?", fragte sie grinsend in die Runde, als sie die Abdeckung auf den Tisch legte.

„Willkommen, unermesslicher Reichtum!", rief Jonas und Alva drehte wie aufs Stichwort den Zylinder um, sodass sein Inhalt auf den Tisch fallen konnte.

Es fiel aber nichts.

Alle starrten fassungslos auf die leere Fläche.

Alva schüttelte die Kapsel ein bisschen.

Es war nichts drin.

Sie schluckte trocken. Keiner sagte ein Wort.

Alva spürte, wie ihr Herz zu rasen begann. Sie drehte den

Zylinder um und schaute rein. „Die Kapsel ist leer", hörte sie sich rau wispern.
Alva ließ sich auf den Stuhl fallen. Das durfte einfach nicht wahr sein. Eine Träne stahl sich aus ihrem Auge und rollte über die Wange. Sie traute sich nicht, die anderen anzuschauen.
„So ein Mist!", brüllte Jonas plötzlich, sprang auf und stieß gegen den Tisch. Die Kapsel fiel scheppernd um.
Alva konnte die Tränen nicht mehr zurückhalten. Sie tropften von ihrem Kinn.
Da spürte sie Malas Hand auf der Schulter.
„Komm schon. Es gab nur eine pupsikleine Chance, dass das funktioniert", tröstete Mala sie.
Alva zog geräuschvoll die Nase hoch. Egal, wie groß die Möglichkeit gewesen war, sie hatte daran geglaubt. Trotzig warf sie den Kopf in den Nacken. Dann fiel ihr Blick auf Till, der wie betäubt auf seinem Stuhl saß. Alva rechnete fast damit, dass er gleich schrumpfte. Sie schniefte noch einmal. Wütend starrte sie auf die Kapsel. Sie hatte so große Hoffnung in sie gesetzt.
Aber was war das? Irgendwas war da doch am Rand. Alva nahm die Kapsel und versuchte, den kleinen Fitzel, der vom Rand abstand, zu erwischen.

„Gib es auf, die ist leer“, motzte Jonas.
„Nein, da ist was“, widersprach Alva. Aus den Augenwinkeln sah sie, wie Till sich aufrichtete. Und auch Mala lehnte sich rüber und beobachtete Alvas Bemühungen.
„Stimmt“, bestätigte sie.
Alva zog ein paar Blätter aus der Kapsel.
„Oh, toll, ein bisschen popeliges Papier!“, moserte Jonas.
Alva rollte die Blätter auseinander. *„Schenkungsvertrag“*, las sie laut vor, was auf dem ersten Blatt oben in der Mitte stand. „Hey, wartet mal“, sagte sie dann und ließ das Papier sinken.
„Das hier …“, sie wippte mit dem Blatt leicht hoch und runter, „… ist die Schenkungsurkunde der Insel“, erklärte sie und konnte selbst kaum fassen, was sie da sagte.
Für einen Moment wurde es total still. Nur ungläubige Blicke wurden gewechselt.
„Heißt das …“, begann Jonas mit leuchtenden Augen und verstummte wieder.
„Ihr meint …“, überlegte Mala laut und klappte nachdenklich den Mund wieder zu.
Alva spürte, wie ihre Hände feucht wurden. Schnell legte sie das Dokument zurück auf den Tisch. Ihre Augen jagten

über den Text. Da stand eindeutig *„Schenkungsurkunde"*. Und bei Beschenktem *„School of Talents"* vertreten durch „DIREKTOR THOMAS JAKOB FRANZEN".

Sie starrte auf das Blatt vor sich, bis die Buchstaben von *„Schenkungsurkunde"* verschwammen.

Mala kratzte sich nachdenklich an der Nase und sprach endlich aus, was alle dachten: „Vielleicht hatte die Tafel doch recht, und das hier ist die Rettung! Das bekommen wir aber nur raus, wenn wir das Ding abgeben."

„An wen?", fragte Alva sofort.

„An den Vertreter der SCHOOL OF TALENTS", schlug Mala vor, lehnte sich nach vorne und zog das Dokument zu sich. „Oh, Direktor Franzen heißt Thomas Jakob mit Vornamen", las sie grinsend vor.

„Er wird wissen wollen, wo wir es herhaben", gab Till zu bedenken.

Stille.

„Wer möchte ihm erklären, dass wir es aus dem See gefischt haben?", fragte Mala nach einer Weile leise.

„Und dabei aus Versehen den Schulgarten ruiniert haben?", ergänzte Alva.

„Und den Tipp für diese ganze hirnrissige Aktion von der spinnenden Infotafel haben?", fügte Jonas stöhnend hinzu.

Schaudernd dachte Alva daran, dass der Direktor mit seiner Gedankenleserei außerdem jede Ausrede sofort durchschauen würde. Dann fiel ihr etwas ein. „Und wenn Direktor Franzen die Urkunde selbst findet?", schlug sie vor und schaute die anderen erwartungsvoll an.

„Mehr Information", forderte Jonas.

„Wir packen die Urkunde in einen Umschlag. Adressieren den an Direktor Franzen. Geben ihn bei Herrn Petrulla ab und behaupten, ihn vor der Tür gefunden zu haben", erklärte Alva.

„Das könnte funktionieren", überlegte Till. „Wer muss in nächster Zeit zu Herrn Petrulla?"

Alva hob zögerlich die Hand.

Mala musterte sie mitleidig. „Ist dein Tablet wirklich Schrott?"

KAPITEL 32

DIE SCHON WIEDER!

„Sieht doch gut aus“, meinte Jonas, als er Alva den beschrifteten Umschlag überreichte. Alva steckte die Schenkungsurkunde rein und klebte ihn zu. Sie atmete laut aus. „Na, dann mal los“, gab sie sich selbst das Startsignal und ging um die Ecke zum kleinen Schloss hinüber.

Alva schaute über die Schulter zurück und sah, wie Till, Jonas und Mala hinter der Hecke vorlinsten. Till und Mala nickten ihr aufmunternd zu und Jonas gab ihr noch einen erhobenen Daumen mit auf den Weg.

Auf dem Parkplatz entdeckte Alva das Auto der Landvermesser. Dieses Mal waren sie sogar zu viert. Einer hielt einen großen Bauplan hoch. Die anderen deuteten wild in verschiedene Richtungen. Und weit und breit keine Frau Tinerius, die sie stoppen könnte.
Auch im Schloss sah es schon sehr nach Auszug aus. In der Eingangshalle stapelten sich bereits unzählige Kartons. Alva schlich die Treppe nach oben und klopfte an die Tür des Sekretariats. Auch hier standen überall Kisten.
„WAS?“, hörte Alva Herrn Petrulla rufen. Vorsichtig öffnete sie die Tür.
Im Sekretariat herrschte das totale Chaos. Auf dem Boden standen halb gepackte Kartons, verschlossene Kartons, leere Kartons und auf jeder freien Fläche lagen mehrere aufgeschlagene Ordner übereinander.
Die einzige Oberfläche, an der kein quietschgelber Merkzettel klebte, war der Sekretär selbst.
„Hallo, ich hab ein Problem“, murmelte Alva.
„Du Glückliche, nur eines“, brummte Herr Petrulla, sah von seinem Klemmbrett auf und schaute sie fragend an.
Alva tat so, als würde ihr erst jetzt der Umschlag in ihrer Hand einfallen, und sagte: „Ach, und der lag hier vor der Tür.“

„Vor welcher Tür?", fragte Herr Petrulla, nahm den Umschlag entgegen und betrachtete ihn stirnrunzelnd. Alva spürte, wie ihre Wangen heiß wurden.
„Unten vor der Eingangstür?", fragte Herr Petrulla weiter.
„Nein, nein, hier oben", antwortete Alva schnell. Unten wäre er vielleicht weggeweht. Sie spürte, wie ihr Magen zu grummeln begann. Lügen war so schwer.
„Komisch, der Postbote war heute schon da", wunderte sich Herr Petrulla und drehte den Umschlag hin und her.
„Vielleicht hat er vergessen, den abzugeben", mutmaßte Alva scheinheilig und kam sich sehr mutig vor.
„Der ist ja weder frankiert noch hat er eine Adresse oder einen Absender", bemerkte der Sekretär und warf Alva einen prüfenden Blick zu.
„Ich hab ihn nur vor der Tür gefunden!", stammelte sie. Wer hätte sich träumen lassen, dass es so schwierig werden würde, einen Umschlag im Sekretariat abzugeben …
„Okay", sagte Herr Petrulla da, behielt den Umschlag in der Hand und musterte Alva abwartend. „Und dein Problem?"
Alva atmete erleichtert aus und zog dann vorsichtig ihr Tablet aus der Tasche. Leise erklärte sie: „Es ist leider ein bisschen nass geworden."

„ES IST WAS?“, herrschte Herr Petrulla sie an.
„Es ist nass geworden, weil der See auf einmal von oben kam. Und ich Fische retten musste und mich nicht darum kümmern konnte …“, sprudelten die Ereignisse nur so aus Alva heraus.
„Das ist mit Abstand die blödeste Erklärung, die ich jemals gehört habe“, wetterte Herr Petrulla. Er nahm das Tablet in die Hand und schaltete es ein. Es reagierte nicht.
Alva hörte, wie jemand in den Raum kam. „Alva? Ist was passiert?“, hörte sie Direktor Franzen hinter sich. Alvas Augen weiteten sich. Sofort dachte sie laut: *Gänseblümchen. Gänseblümchen.* Dies schien immer noch die beste Methode zu sein, sich bei einem Gedanken lesenden Schulleiter nicht zu verraten.
„Mein Tablet ist futsch“, erklärte sie schnell.
Direktor Franzen stellte sich neben sie und begutachtete das kaputte Gerät mit einem kritischen Blick. Alva fing an zu schwitzen.
„Ach, und hier ist ein Schreiben für Sie gekommen“, sagte Herr Petrulla in diesem Moment und reichte dem Direktor den Umschlag. Während der den Brief öffnete, musterte er Alva und fragte: „Wie ist das Tablet denn kaputtgegangen?“

Gänseblümchen, Gänseblümchen, Gänseblümchen ..., dachte Alva angestrengt und wollte gerade antworten, als Herr Petrulla ihr zuvorkam: „Ein Wasserschaden", sagte er und rollte bedeutungsvoll mit den Augen.
„Aha", murmelte Onkel Thomas und schaute sich endlich die Urkunde in seinen Händen an. Alva hielt die Luft an. Kaum hatte Direktor Franzen die ersten Zeilen des Dokuments gelesen, schnappte er nach Luft und wandte sich an Herrn Petrulla: „Wo haben Sie das her?"
„Keine Ahnung. Es lag vor der Tür", sagte der Sekretär und schaute Alva fragend an.
GÄNSEBLÜMCHEN, GÄNSEBLÜMCHEN, GÄNSEBLÜM...!
Wahrscheinlich hielt ihr Onkel sie für eine totale Dumpftröte.
Doch Direktor Franzen schien ihre blumigen Gedanken gar nicht zu bemerken.
„Wo ist Frau Tinerius?", fragte er atemlos, ohne den Blick von den Papieren zu nehmen.
„Drüben in der Schule. Soll ich sie holen?", erkundigte sich Herr Petrulla.
Der Direktor nickte, während er weiterlas. Erst als der Sekretär fast schon zur Tür hinaus war, meinte er: „Ja, das wäre nett."

Kaum waren Direktor Franzen und Alva allein im Sekretariat, legte er die Blätter behutsam zur Seite.

„Geht es dir gut?", fragte er. Sein Gesicht wirkte zwar weniger versteinert als vorhin, aber sollte er vor Freude nicht Luftsprünge machen? Alva deutete ein Nicken an und starrte auf ihr Tablet. Wieso war er so ruhig?

„Mach dir wegen des Tablets keine Sorgen. Du bekommst einfach ein neues", riss Direktor Franzen Alva aus ihren Gedanken.

Sie blickte auf und traute ihren Augen kaum. Der Direktor hatte ein breites Grinsen auf dem Gesicht.

„Und?", fragte er weiter. „Wie gefällt es dir? Bleibst du noch ein paar Wochen bei uns?"

„Ich dachte, wir fahren alle morgen Vormittag nach Hause?", sagte Alva und war ganz stolz, daran zu denken, verwirrt auszusehen.

Und dann sagte ihr Onkel etwas, das sie ihm nie zugetraut hätte: „NOPE! Wir bleiben!"

„Na, dann bleibe ich auch noch ein bisschen", meinte Alva grinsend.

KAPITEL 33

KONFETTI AUF ALLE

Erleichtert verließ Alva das Sekretariat. Auf der Treppe eilten ihr Herr Petrulla und Frau Tinerius entgegen. Sie wirkten beide sehr ernst und angespannt. Der Schulsekretär vergaß sogar, sich nach dem kaputten Tablet zu erkundigen.
Alva durchquerte die Eingangshalle, als auf einmal ein lauter Jubelschrei zu hören war. Der kam eindeutig von Frau Tinerius.
Alva ging nach draußen, wo ihre Freunde auf sie warteten und sie erwartungsvoll ansahen.

„Ich denke, wir bleiben", berichtete Alva grinsend.
„Sicher?", fragte Till. Jonas und Mala musterten sie ebenfalls kritisch.
Alva wollte vom Jubel im Sekretariat erzählen, als plötzlich die schwere Eingangstür des Schlosses aufgerissen wurde. Frau Tinerius spurtete rüber zu den Landvermessern.
„Ja, ziemlich sicher", antwortete Alva mit Blick auf Frau Tinerius.
„Haben wir es wirklich geschafft?", fragte Mala leise. Um ihren Kopf bildeten sich kleine Wölkchen, die immer schneller zu kreisen begannen.
„Es sieht so aus", bemerkte Till grinsend und deutete zu den Landvermessern, die missmutig ihr Zeug in den Kofferraum des Autos warfen. „Sie ziehen ab", rief er und klatschte in die Hände.
Ein großer bunter Paradiesvogel hüpfte begeistert neben ihm auf und ab. Die Erleichterung hatte Jonas überwältigt.
Aus Malas Wölkchen sprühten Wassertröpfchen wild in alle Richtungen.
Alva riss die Arme nach oben, reckte ihr erhitztes Gesicht in das erfrischende Nass und rief: „Wir haben es geschafft!"
Im Freudentaumel hüpften die vier begeistert durch den Regen.

Das Auto der Landvermesser brauste über den Kiesweg an ihnen vorbei zur Brücke. Weiter hinten an der Schule klatschte und johlte plötzlich eine Gruppe von Schülern los. In hohem Bogen wurde eine leere Reisetasche aus dem Fenster von Wohnhaus sieben geworfen.
Und plötzlich wusste es jeder: Die Schule war wie durch ein Wunder gerettet worden!
Die Kinder waren so erleichtert, dass sich ihre Talente selbstständig machten. Es dauerte nicht lange, bis Giraffen, Nashörner, Eisbären, Antilopen und Rentiere über die Insel trabten. Im Bach spielten Alligatoren Fangen.
Vor der Mensa lagen drei Meter Neuschnee von einem Blizzard, der sich dort entladen hatte, und die Schüler und Schülerinnen bauten Schneemänner und Iglus und schlitterten mit Pinguinen um die Wette. Ein riesiger Teppich mit kreischenden Kindern darauf flog schlingernd über die Dächer und wich Flugechsen, Adlern, Eulen und Kindern, die extrem hoch springen oder fliegen konnten, aus. Blitze zuckten durch die Luft. Musik schallte über die Insel.
„Ist das jetzt auch noch normal?", brüllte Alva in das Spektakel. Sie rannte mit Till von der Eisbahn zur Schule. Dort sollte es Konfetti regnen, hatte Jonas ihnen erzählt.

„Jeder für sich ja, aber alle zusammen …“ Der Rest seiner Antwort wurde von den jubelnden Kindern auf dem fliegenden Teppich übertönt, die über ihre Köpfe hinwegfegten. Till winkte ihnen hinterher.
Plötzlich flatterte Rodrigo schräg über Alva hinweg. ***„Was soll denn dieser Affenzirkus?“***, hörte Alva ihn motzen.
„Die Schule muss nicht umziehen, sondern bleibt hier!“, rief Alva ihm zu.
„Ich könnte mir bessere Nachrichten vorstellen“, krächzte die Krähe.
Alva lachte und wollte Till auf Rodrigo aufmerksam machen, doch da war er schon wieder davongeflogen.
„RUHE! RUHE! Kinder, beruhigt euch“, rief Direktor Franzen, der mit einem Megafon vor der Schule stand. Frau Tinerius neben ihm schüttelte sich Konfetti aus dem Haar und forderte Schüler in ihrer Nähe auf, sich zurückzuverwandeln.
„Sabita! Bitte lande sofort!“, forderte Direktor Franzen das Mädchen auf dem fliegenden Teppich auf. Es gehorchte. Der Teppich rutschte über den Kies und blieb knapp vor den Füßen des Direktors liegen.
„Wir haben euch etwas mitzuteilen“, hörte man Direktor Franzens Stimme weit über die Insel.

Flugtiere landeten vor der Schule und wurden zu Kindern. Zwei Giraffen blieben im Hintergrund. Immer mehr Schülerinnen und Schüler sammelten sich auf dem Platz.
„Die SCHOOL OF TALENTS wird weder umziehen noch vorzeitig schließen müssen", rief Direktor Franzen.
Gigantischer Jubel erhob sich augenblicklich und dauerte an. Der Direktor nickte lachend in alle Richtungen und sogar Frau Tinerius lächelte ganz kurz.
„Die Familie des Grafen hat anerkannt, dass die Insel der Schule gehört und Graf von Donnersberg sie uns geschenkt hat. Wir können bleiben. Für immer!" Direktor Franzen holte tief Luft. „Morgen fällt der Unterricht aus, weil wir AUSPACKEN müssen! Und in der Mensa gibt es jetzt Limonade und Eis für alle!", verkündete er.
Erneut schrien die Kinder wild durcheinander und applaudierten begeistert.
Alva und Till kämpften sich zur Mensa durch. In dem Getümmel an der Eingangstür trafen sie Mala und Jonas. Die Freunde mussten erst eine Schülergruppe rauslassen, bevor sie sich in die überfüllte Eingangshalle schieben konnten. Es war ein riesiges Gedränge.
„Ich dachte, sie hätten sie repariert", hörte Alva in der Menschenmenge einen Jungen sagen.

„Immerhin ist das Gedicht neu!“, erwiderte ein anderer.
Alva, Mala, Till und Jonas schauten sich verwundert an.
Sie standen in den wogenden Massen und ließen sich weiter nach vorne tragen. Dabei reckten sie die Hälse.
Endlich wurde der Blick auf die Infotafel frei.

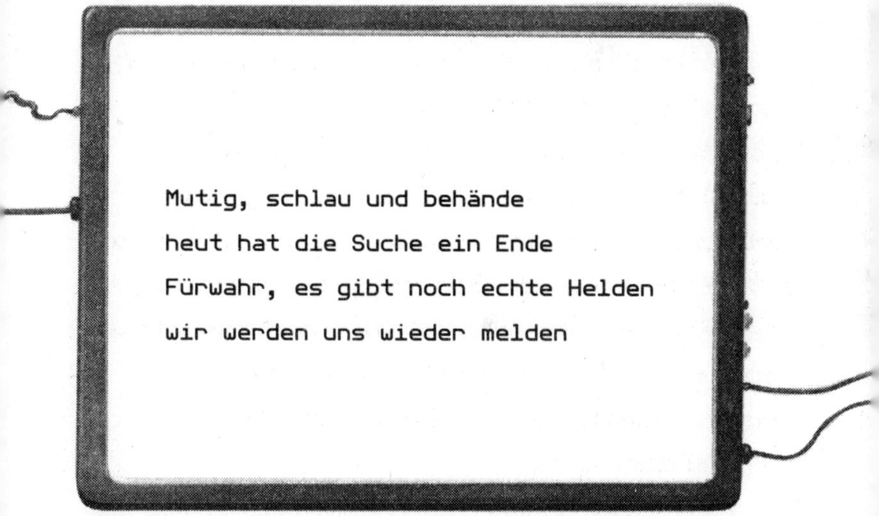

„Glaubt ihr, die meint uns?“, fragte Jonas grinsend.
„Ich finde schon, dass wir echte Helden sind!“, sagte Mala übermütig.
Auch Alva nickte, während sie das Gedicht las.
„Na dann, lasst uns schnell mal was trinken und ein Eis essen, bevor es wieder losgeht“, sagte Till.

Es dämmerte schon fast, als Alva auf der Anhöhe saß und zufrieden über die Insel schaute. So langsam beruhigten sich alle wieder. Der letzte Elefant war verschwunden. Die Jubelstürme wurden leiser und es hatte schon länger nirgendwo mehr Konfetti geregnet.
Nach dem ganzen Trubel fand Alva das Alleinsein sehr schön. Vor allem, weil sie wusste, dass sie nicht einsam war. Sie hatte jetzt Freunde.
Es kam ihr vor, als wäre es schon ewig her, dass sie mit Mala das erste Mal hier gestanden hatte. Dabei waren nur zwei Wochen vergangen.
Die Tiere in ihrem Kopf hatte sie noch nicht zum Schweigen gebracht. Doch es störte sie jetzt weniger. Hätte sie den Enten und Fischen nicht zugehört, würde die Urkunde vielleicht immer noch unten im See schwimmen.
Verrückt! Erst als sie fast hätte gehen müssen, war ihr klar geworden, dass sie hierbleiben wollte.
Nun musste sie das nur noch Carlos beibringen. Er würde sicher sauer sein, dass sie nicht wie ausgemacht nächste Woche wieder nach Hause kam. Alva zückte ihren Stift.

Hallo Carlos!

Hier ist es eigentlich ziemlich lustig. Nur mit meiner Zimmernachbarin hatte ich Pech. Sie ist ein richtiges Rabenaas, sehr gemein und echt unfreundlich. Irgendwie kann sie hier keiner leiden. Versteh ich aber auch, denn keiner möchte mit jemandem befreundet sein, der so fies ist! Außerdem kommandiert sie alle ständig nur rum. Vor allem, wenn es um Fische geht …

Danke für den Stern. Er hängt über meinem Bett. Wenn er nachts leuchtet, fühle ich mich fast wie zu Hause.

Ich glaube übrigens schon, dass das hier eine richtige Schule ist. Es gibt zwar keine Fächer und auch keine richtigen Klassen, aber man lernt trotzdem jede Menge. Noch habe ich auch niemanden getroffen, der nicht schreiben kann.

Vor ein paar Tagen haben wir alte Fahrräder und anderes rostiges Zeug aus dem See gefischt. Das war ziemlich spannend. Zum Schluss gab es Eis und Limonade.

Außerdem findet ein supertolles Filmprojekt statt, bei dem ich total gern mitmachen möchte. Deshalb komme ich wahrscheinlich doch erst zu den Sommerferien nach Hause.

Sei nicht traurig.
Grüße und tausend Knuddler
Deine Alva

PS: Ich glaube nicht, dass du mich retten musst.

HERRN PETRULLAS SCHULKARTEI

ÜBER ALLE GRENZEN

DIE SCHOOL OF TALENTS

LENNI WEIGERT

GEBURTSTAG: 23. MÄRZ

WOHNT ZUSAMMEN MIT: MALA BAMADIO

BEGABUNG: TALENT DER BEWEGUNG

MERKMALE: LENNI KANN DURCH WÄNDE GEHEN UND GEGENSTÄNDE DURCHDRINGEN (HOLZ/PAPIER/BETON). DERZEIT ARBEITET SIE AN METALL.

AG: MUSIK (SPIELT KLAVIER) UND THEATER

☑ P. Petrulla

SCHOOL OF TALENTS

PAUL RUGE

GEBURTSTAG: 5. AUGUST

WOHNT
ZUSAMMEN MIT:

MORITZ MANDEL

BEGABUNG: TALENT
DER ELEMENTE

MERKMALE: PAUL IST MAGNETISCH, ER ZIEHT ALLES AN, WAS AUS METALL IST. IST SEHR INTERESSIERT AN PHYSIK UND TECHNIK.

AG: SCHULGARTEN UND TECHNIKIDS

☑ P. Petrelli

Dies war der erste Band von

„School of Talents“.

Aber Alvas Abenteuer haben gerade erst begonnen!
Im nächsten Band hält ein großer Filmwettbewerb die ganze Schule in Atem. Vor allem Jonas möchte unbedingt gewinnen. Doch seltsame Stromausfälle bringen die Filmnacht in Gefahr. Kann die geheimnisvolle Infotafel den Kindern dabei helfen, Licht ins Dunkel zu bringen?

Alva und ihre Freunde müssen all ihre besonderen Talente einsetzen, um das Rätsel zu knacken und den Filmwettbewerb zu retten!

Finde heraus, wie es weitergeht in:

ÜBER ALLE GRENZEN

SCHOOL OF TALENTS

ZWEITE STUNDE: STROMAUSFALL!

Leseprobe aus

School of Talents

Zweite Stunde: Stromausfall!

Leises Gemurmel empfing Alva auf dem Flur. Sie kannte zwar alle Mädchen aus ihrem Wohnhaus, doch im Dämmerlicht war es schwer, sie zu erkennen.
„Keine bewegt sich!", rief auf einmal ein Mädchen vor Alva. „Ich glaube, Tabea hat sich verwandelt!"
„In was?", fragte Alva leise, als plötzlich etwas Kaltes über ihren Fuß kroch. Sie biss sich auf die Zunge, um nicht laut loszukreischen.
„Sie tut dir nichts. Das ist Tabea. Sie tut dir nichts", flüsterte sie vor sich hin.
(…) „Ist das nicht merkwürdig?", fragte Alva in Malas Richtung, während um sie herum „Hier" gerufen wurde. „Der wie vielte Stromausfall ist das eigentlich?"
„Der vierte in zwei Wochen", antwortete Mala.
Alva schüttelte den Kopf. „Ist das früher schon passiert?"
Mala war schon viel länger auf der School of Talents als Alva.
Anstelle von Mala hörte Alva Lenni, Malas Zimmernachbarin, antworten: „Also ich kann mich nicht erinnern."
Und auch Mala meinte: „Noch nie, seit ich hier bin."
„Tabea Reinhard", rief Frau Molina.

Stille.
„Tabea Reinhard?“, wiederholte die Lehrerin.
„Hier!“, hörte Alva ein Mädchen direkt vor sich rufen.
Alva musste sich beherrschen, nicht augenblicklich das Vieh in ihren Händen loszulassen. Wenn Tabea dort vorne stand, wen hielten sie dann fest?
Mala bemerkte offenbar ihre Verwunderung. „Emma hat für Tabea geantwortet, du Heldin“, kicherte sie.
„Sicher?“, fragte Alva.
„Ah, schön, die Schlange lässt für sich sprechen. Danke, Emma“, bemerkte auch Frau Molina und rief den nächsten Namen der Liste.
„Alva Schröder?“
„Hier!“, sagte Alva laut.
Neben ihr fragte Mala: „Sollten wir für solche Fälle nicht Taschenlampen in unseren Zimmern haben?“
„Schon, aber die meisten waren doch kaputt und mussten repariert werden“, wisperte Lenni.
„Ich habe gehört, dass alle Taschenlampen von der Insel verschwunden sind“, flüsterte eines der anderen Mädchen.
Das war alles wirklich sehr merkwürdig.

Die School-of-Talents-Serie im Carlsen Verlag:

School of Talents – Erste Stunde: Tierisch laut! (Band 1)
School of Talents – Zweite Stunde: Stromausfall! (Band 2)
School of Talents – Dritte Stunde: Monster in Sicht! (Band 3)
School of Talents – Vierte Stunde: Schulfest im Schneckentempo! (Band 4)
School of Talents – Fünfte Stunde: Klassen treffen! (Band 5)
School of Talents – Sechste Stunde: Nebelalarm! (Band 6)
School of Talents – Siebte Stunde: Mutprobe! (Band 7)
School of Talents – Achte Stunde: Walfrei! (Band 8)

Weitere Abenteuer in Vorbereitung.

PRODUZIERT MIT VERANTWORTUNG

MIX
Papier | Fördert gute Waldnutzung
FSC® C021394
www.fsc.org

Mit Fragen zur Produktsicherheit wenden Sie sich bitte an: carlsen.de/kontakt

Veröffentlicht in der Carlsen Verlag GmbH
Völckersstraße 14-20, 22765 Hamburg
Mai 2023

Die Autorin wird vertreten durch die Autoren- und Projektagentur Gerd F. Rumler (München).
Umschlag- und Innenillustrationen: Simona M. Ceccarelli
Umschlaggestaltung: formlabor unter Verwendung der Umschlaggrafik von Simona M. Ceccarelli und Sabine Reddig
ISBN 978-3-551-32087-2